中华文化读本

第七卷　写碑译典

余秋雨

中　华　书　局

《中华文化读本·写碑译典》题记

在构思《中华文化读本》丛书的一开始，我就想好了，最后一本应该是《写碑译典》。因为只有让这一本作为归结，才能压得住。

从书名看，内容分为两部分，一为“写碑”，二为“译典”。我先把这两部分做一个简单介绍。

“写碑”部分，收录了中国大地上一些重大古迹的碑文和榜额。这些碑文和榜额，古人都曾书写过，但大多被岁月剥蚀，被灾难毁损。二十世纪晚期，中国重新得气，全国各地不约而同地决定，必须唤醒沉睡在荒草颓岩间的种种古迹，借以提升一方尊严。这是一个庞大的工程，其中一项，就是修补旧碑，再立新碑。

说起来，能够修补旧碑已经不错了，为什么还要再立新碑呢？这是因为，一切古迹都有两重生命，一是“历久犹存”，二是“历久弥新”。所谓“历久弥新”，就是能够不断地为后代提供重新解读的可能。再立新碑，也就是在古迹身后的悠远回响中，加入当代和声。

当代是应该发言的，经过几百年的文化屈辱，兵燹肆虐，尤其是经过了破坏古迹的“文革”灾难，我们与古迹必须有一番“劫后重逢”的噙泪欢悦。

那么，新碑的碑文应该由谁来撰稿，由谁来书写呢？这是一件麻烦的事，常常会引起文坛龃龉、各方苛评。因此，很多地方就在报纸上进行“民意投票”。没想到，各地民众属意最多的，居然是我。

我知道，这与我的几部散文集有关。多年来我独自寻找千年古迹，并以崇敬而焦虑的笔触向海内外的华文世界逐一报告，这一举动显然得到了各地民众的认可，因此都选了我。

既然如此，我也就不推辞了。

按照中国惯例，这样重大的碑文似乎应该由高官来署名。但是，广大民众却选了并无一官半职的我，这件事似乎还包藏着另一层不错的含义，那我就更不能逆拂了大家的盛情了。

由此，我应邀撰写了“炎帝之碑”、“法门寺碑”、“采石矶碑”、“大圣塔碑”、“金钟楼碑”等等诸多大碑的碑文。在撰写过程中，我等于再度抚摸了一遍中华文化的几条筋脉。这些碑文，有的礼拜了文明之祖，有的探寻了宗教精神，有的呼唤了诗化素质，有的安顿了城市魂魄。一一相加，确实展示了中华文化丰富而又壮丽的多重面相。

我撰写的这些碑文，力求表现对各个古迹的当代认知，并以多数旅人都能畅然诵读的浅显文句来表达。

这些碑文完成之后，本应在全国选请著名书法家来书写了。但是，各地民众不知道在哪些报刊上看到过我写的毛笔字，要我“一身兼两任”，也就是同时担任书法家来蘸墨挥毫。我想，这倒是符合了古人自撰自书的传统，便点头答应了。

除了这些长篇大碑之外，各地还有一些重要古迹请我题写榜额，也就是把它们的名字或核心用语端端正正写出来以供镌刻就可以了。这事看来简单，但数量很大，我必须严格选择。选择的标准，就看那些古迹在中华文化史上的地位。结果，多年来也着实写了不少，例如本书收集的仰韶文化遗址、秦长城遗址、都江堰、中华首刹、萧何曹参墓园、云冈石窟、千佛崖、昆仑第一城等等。每幅榜额虽然只有寥寥数字，但我都一一写了说明辞，把它们连贯起来，又成了中华文化史的一条“野外线索”。

由此可见，中华文化史只有一半写在简册上，纸页上，书籍上，而另一半则写在石碑上，山崖上，大地上。我的墨迹只是一种引导，借以指点广大读者把阅读的范围放大到万里江山之间。

我在题写这些大碑和榜额的时候，还没有使用现代复印设备和传输技术，所写墨稿直接付之刻凿，都自然消耗了。因此，这次都必须重新书写，有些文句也因书法节奏的需要做了改动。

再说“译典”部分。

长久以来，我一直很想用地道的现代散文，选译几篇古代经典，请当代读者愉快享受。

这是一件看起来容易、做起来却极为困难的事情。有人误以为，那只是把文言文翻译成白话文，那他们一定既不懂文言文，也不懂白话文，更不懂文学。

在古代的文言文和今天的白话文之间，能够翻译的是意思，不能翻译的是韵味。而文学的立身之本，恰恰是韵味。不信，请试着将当代摇滚歌词翻译成文言文，不是不能，但韵味全都走了样。

正因为如此，近百年来虽然有不少人花费很大精力试图把古代的文学作品翻译成白话文，却几乎都让人失望。我们看到了两大误区——

第一误区，叫“学究误区”，即把翻译当作了学识罗列、考证展示，满眼都是半生不熟的注释和比勘。结果，译出来的白话文既枯燥，又拗扭，离文学相距甚远；

第二误区，叫“换诗误区”，即以新诗翻译古诗。由于不知古诗与新诗从语感、节奏、意境上都截然不同，结果，变成了用一个硬壳去置换另一个硬壳的奇怪举动。译出来的新诗，不仅与原诗貌合神离，而且以新诗标准来衡量也完全不合格。

因此，我决定另辟蹊径，以当代诗化散文来完成这件事。

这种诗化散文，必须干净明澈，虽有精细的学术考证为基础，却又不露学术痕迹，使文学回归文学。

我选了三种最有代表性的文本来攻坚。那就是，庄子的《逍遥游》、屈原的《离骚》和苏轼的《赤壁赋》（前、后）。涉猎文学的读者一听就明白，这场攻坚会是多么艰难。

庄子用缥缈游逸的思绪讲述着千古哲理，该怎么变成清顺的现代美文？屈原用绚烂无际的梦幻抒发着自身郁闷，该怎么变成明丽的现代美文？苏轼原本已很超逸、很主观、很“现代”，该怎么变成更“现代”的现代美文?

我的译文，至少让当代读者从整体风貌上领略了中国古典文化中三个最可爱、最具有世界意义的天才。这种领略，淡化了学术障碍和时代障碍，却不失原意，不失诗情。我相信，大家会乐意接受。记得我在北京大学讲授中国文化史时，曾经把《离骚》今译当堂朗读，受到了青年学生的热烈欢迎。

翻译之后，我又把原文用行书恭恭敬敬地抄写了一遍。历代的书法名家中，很少有人能把《逍遥游》和《离骚》抄完，因为太长了，超出了他们文弱书生的体力极限。有几位用小楷抄过《离骚》，毕竟体量有限。我却用浩荡的行书把它们都写完了，至少在体力上可以略为骄傲。

平日抄写最多的，是佛教《心经》。这是幼年时天天听祖母念诵种下的根，当然，更与我后来对它的长久领悟有关，请读我的长文《解经修行》。我把祖母的口上念诵变成了笔下念诵，因此不怕重复。这次把《心经》的今译和书法，也收在本书里了。《心经》算不算中华文化？这是一个颇有争议的难题。我的看法是，此经来自印度，但是，鸠摩罗什和玄奘让它变成了简洁而神圣的汉语范本，被中国人在千百年间天天念诵，已经成为渗入华夏大地最深广的文献之一。因此，我对于《心经》的今译和书写，也可以成为《中华文化读本》的一个部分。

我书写这四部经典作品的原文，用的是行书，都清晰可认，因此，为了节省篇幅，也就不再以铅字另印原文了，请读者鉴谅。

己未年春日

目 录

第二部分　译典

第一部分

写碑

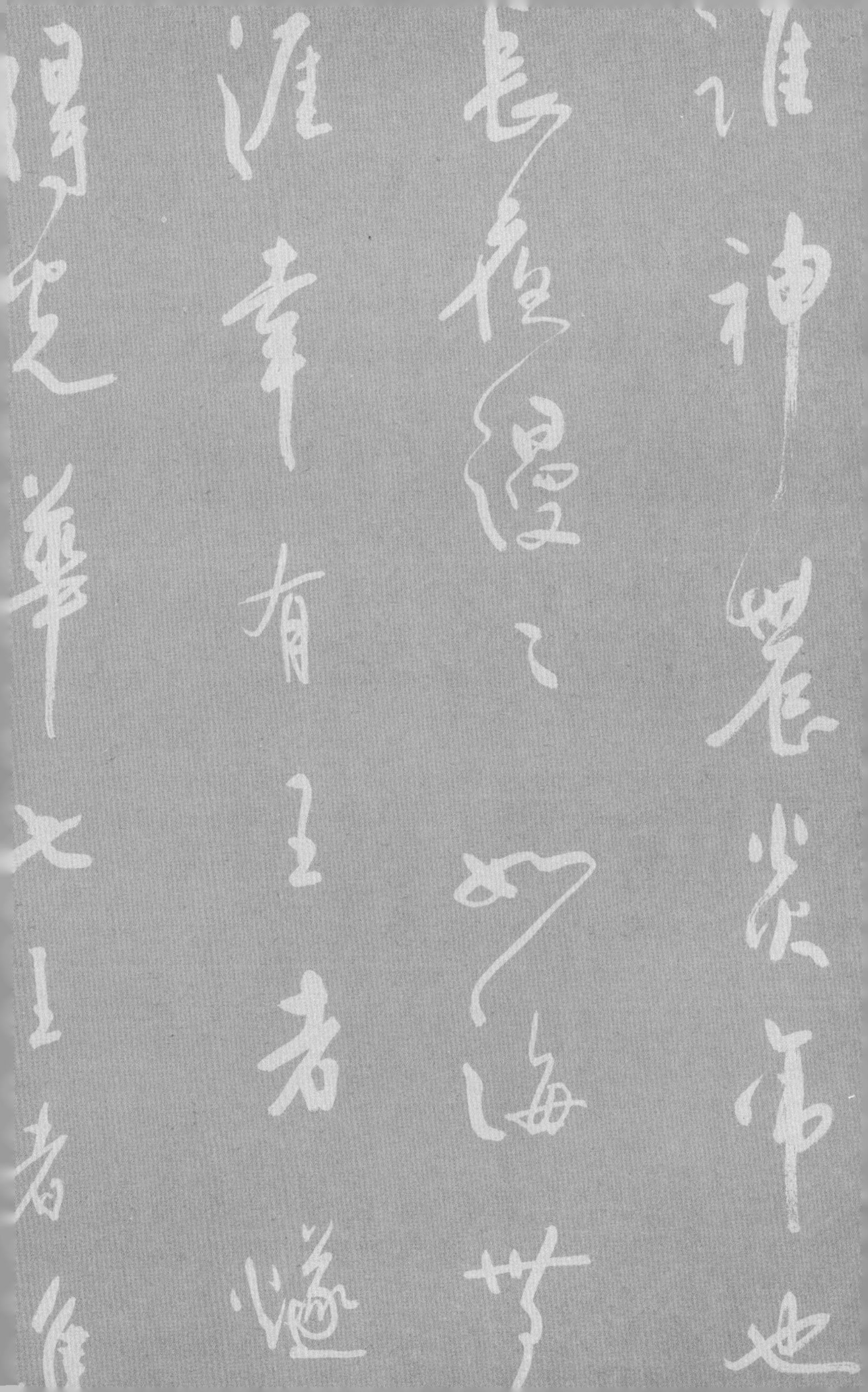

淮神器米作也
長夜漫々如海茫
淮章有王者道
得是華之王者淮

大碑

炎帝之碑

华夏远祖，采猎荒沙，幸有王者，首教耕稼。此王者谁？神农炎帝也。

长夜漫漫，如海无涯，幸有王者，燧得光华。此王者谁？神农炎帝也。

泥昧岁月，邪疫如麻，幸有王者，尝草治煞。此王者谁？神农炎帝也。

天下初成，随处杀伐，幸有王者，安民以罚。此王者谁？神农炎帝也。

伟哉至尊炎帝，山岳难比其大。首举文明之炬，始植民生之花。千古开拓之斧，凿定创建之法。并肩轩辕黄帝，共奠东方巨厦。历尽万劫未灭，永远蓄势待发。后世亿兆子孙，无论海陬天涯，只须语涉炎黄，皆可视若一家。

家园门庭已扫，慈颜如诗如画。炎帝安寝之地，崇陵又起紫霞。呼集六合同胞，再祭炎帝文化。兼有雕像新立，株洲神农城下。自此万方心泉，齐向是处倾洒。拜谢鸿蒙先人，佑我煌煌中华。

尖帝之碑

华夏之祖　采橡

长沙幸为王者

首败耕稼之王者

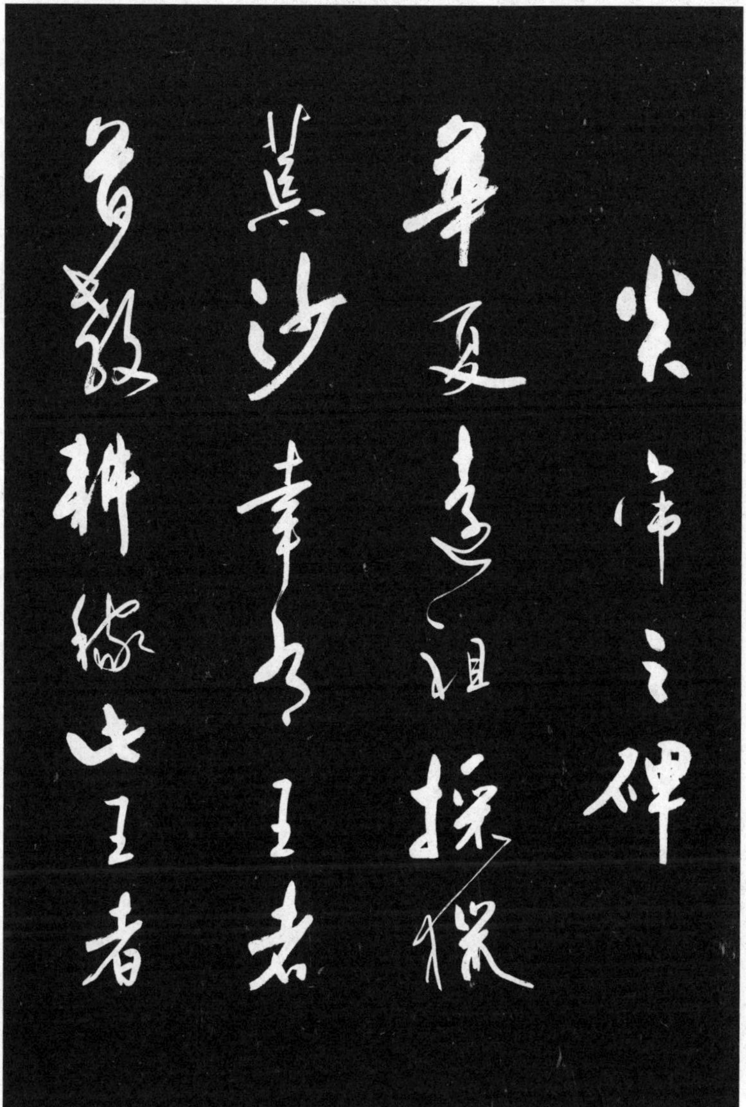

味歲月郡度如麻

幸為王者當草

治然此主者誰神

豊紫帝也天下

初成邊盧殺伐

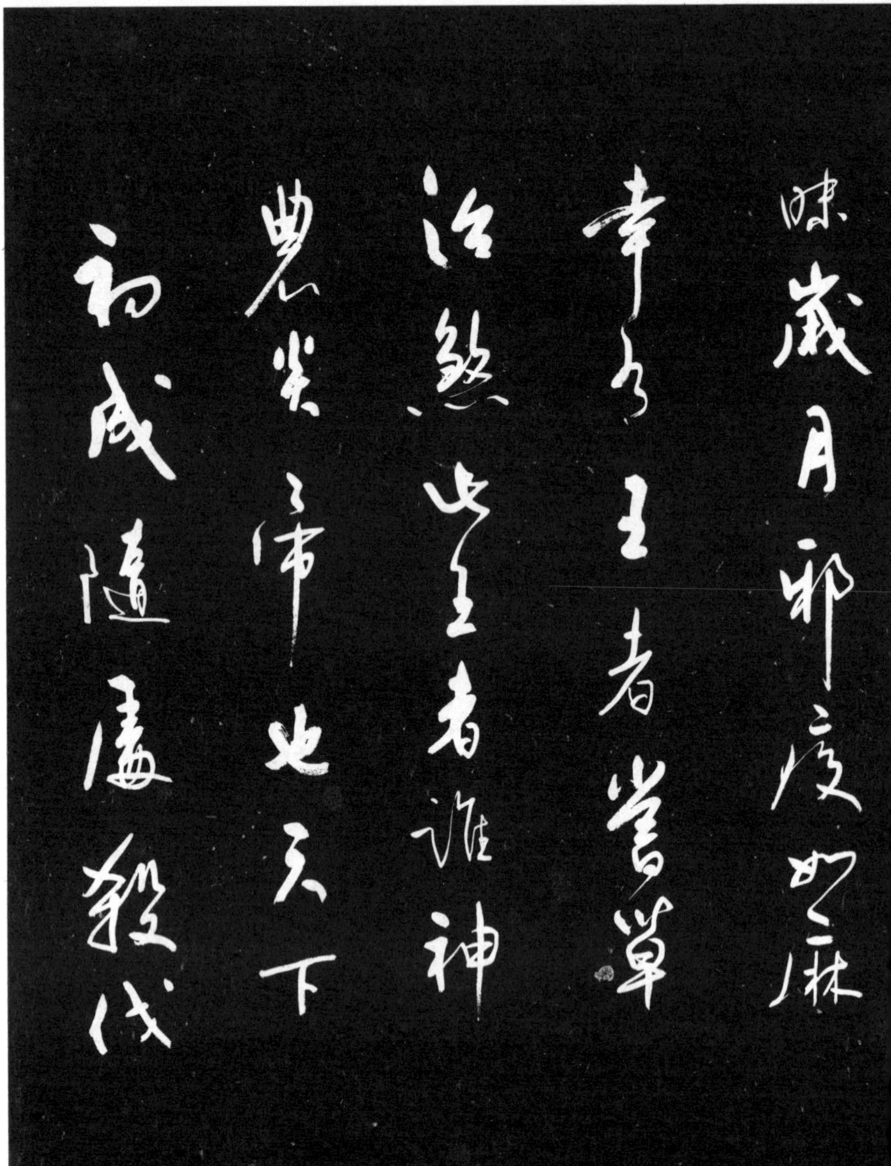

誰神農炎帝也
長夜漫漫如海茫
涯幸有王者遂
得之華亡王者誰
神農炎帝也泥

文明之恒始植民

生之花千古開�bb

三分鑿空創建

之法身之月軒轅黃

帝芳栗東方巨夏

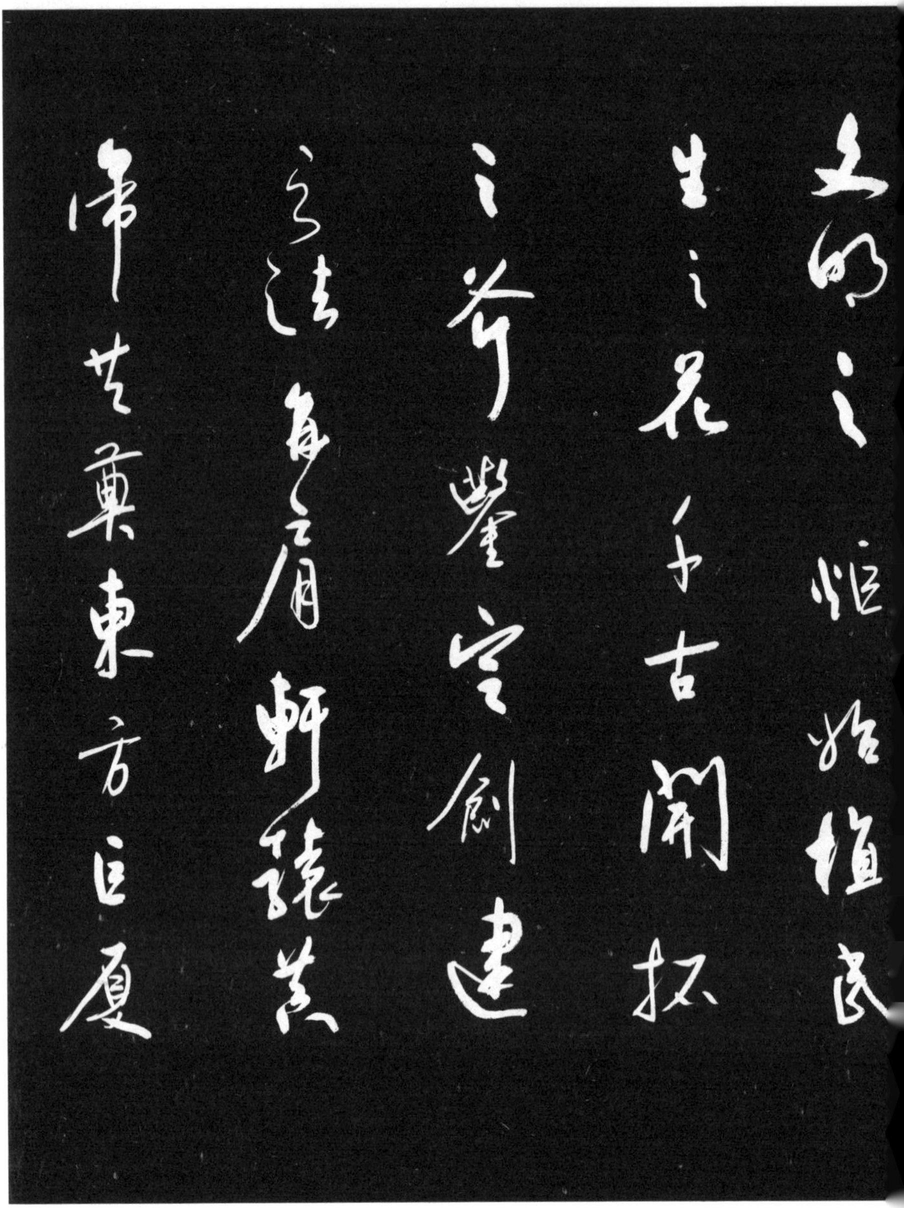

幸为王者安民

以罚此皇者谁神

苍茉帝也伟哉

玉尊崇帝山岳

雜此乃大首峰

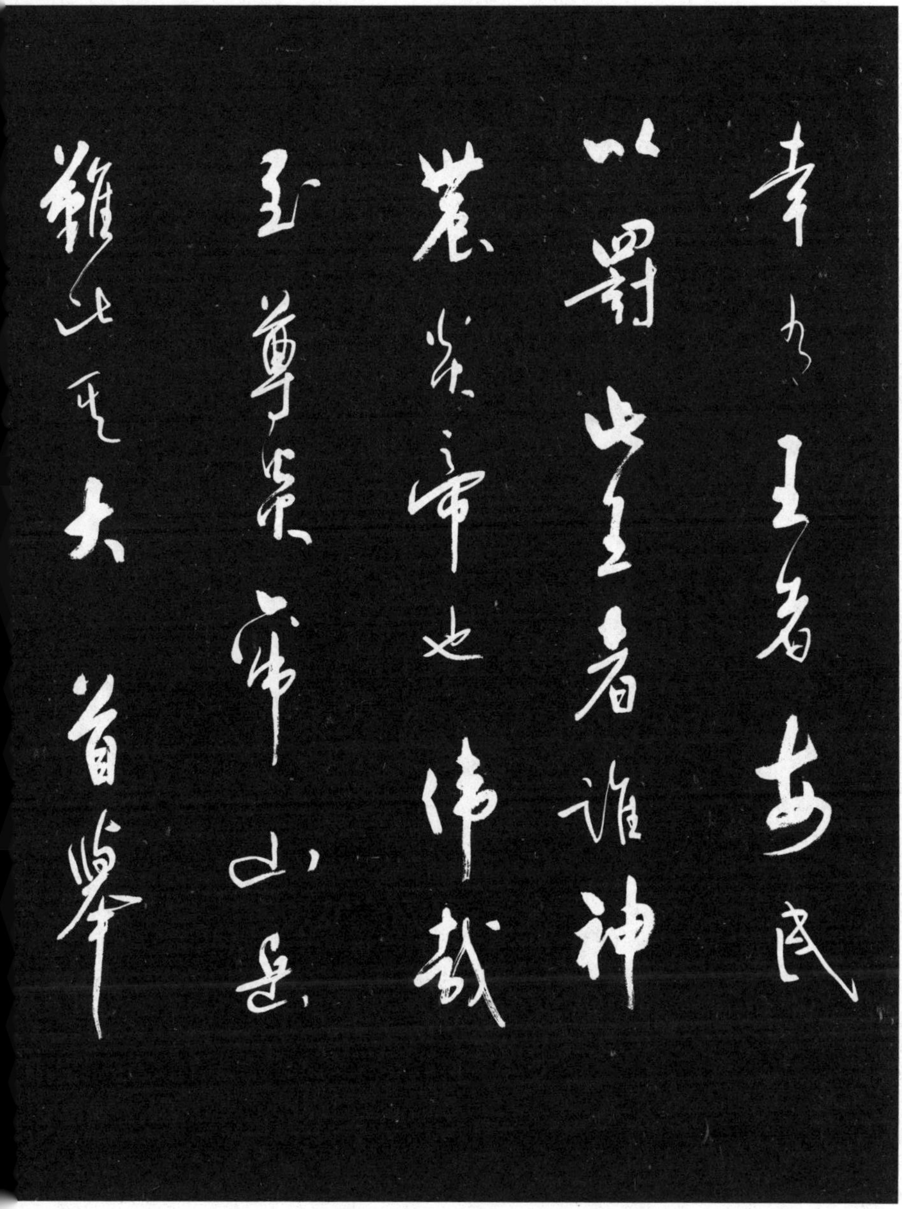

闔門庭已掃慈顏
如侍如生宮中安寢
之地山崇陵又楚紫霞
以集六合同胞百
祭光帝文化集如

歷考萬切未識不達

蓄勢待發 沒戈憶

飛乙孫 世論海侃

天歷以須諸步类

黄当脏視白有一宽

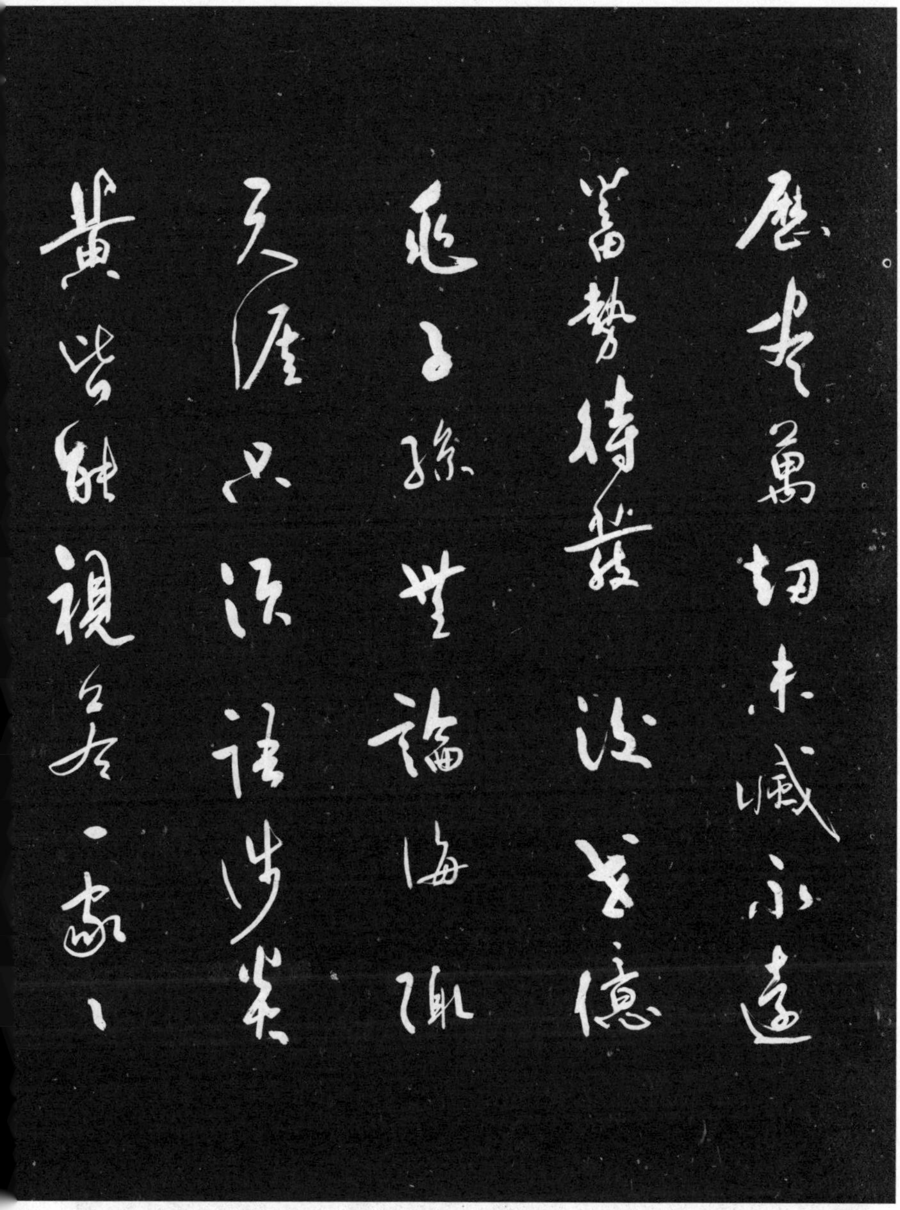

雕像新立株洲神農
城下自此萬方心泉齊
向是處俱添拜謝鴻
濛先人佑我煌煌中華
余秋雨文并書

法门寺碑

佛指在此，指点苍茫。遥想当初，隐然潜藏，中土雄魂，如蒙寒霜。渺渺千年，再见天光，众生惊悦，世运已畅。觉者顿悟，兴衰巨掌。

法门于斯，吐纳无量。矫矫魏晋，赫赫盛唐。袈裟飘忽，驼影浩荡。梵呗如云，诗韵如浪。祈愿此门，不再凋敝，启迪人间，引渡万方。

年至足尽必然

生藥悅之逞已暢

覺者都恃與表臣

學法門於斯心

幼童量諸魏者

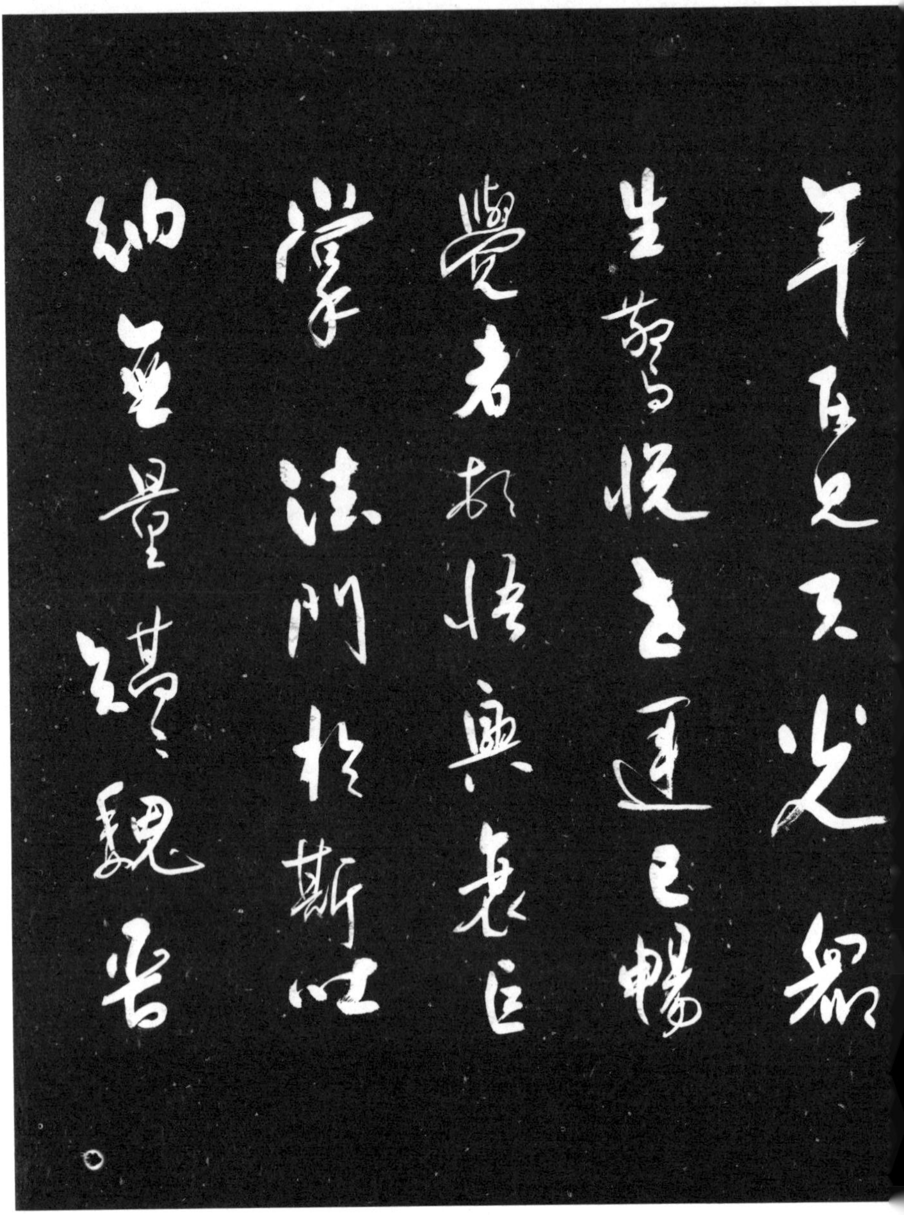

法門寺碑

佛指住於聖覺

北流遂想像和逸

然潛藏中土雄說

以蒙實需涉涉千

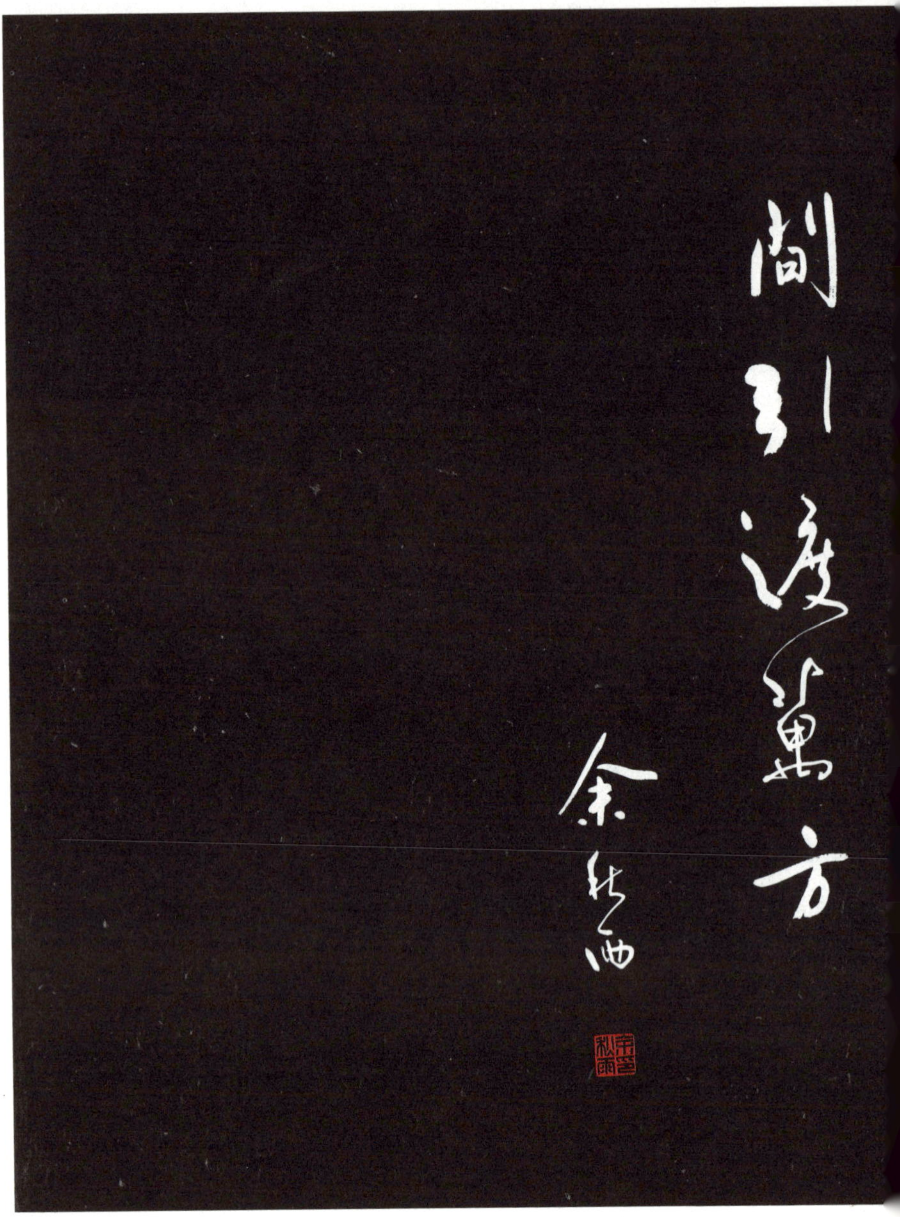
問引渡萬方
余秋雨
余秋雨

采石矶碑

此为采石矶，李白辞世地；追溯三千里，屈原诞生地；追溯两千里，屈原行吟地；追溯一千里，东坡流放地。

如许绝顶诗人，或依江而生，或凭江而哭，或临江而唱，或寻江而逝，可见此江等级，早已登极。余曾问：在世界名山大川间，诗格最高是何处？所得答案应无疑：万里长江数第一。

细究中华诗情，多半大河之赐。黄河呼唤庄严，长江翻卷奇丽；黄河推出百家，长江托举孤楫；黄河滋养王道，长江孕育遐思；黄河浓绘雄浑，长江淡守神秘。两河喧腾相融，合成文明一体。

李白来自天外，兼得两河之力，一路寻觅故乡，归于此江此矶。

于是立地成台，呼集千古情思，告示大漠烟水，天下不可无诗。

诗为浮生之韵，诗乃普世之寄。既然有过盛唐，中国与诗不离；既然有过李白，九州别具经纬。

此為采石磯李白
醉世地追溯三千
里屈原誕生地追
溯兩千里屈原行吟

江茅汲早已登極
余嘗閱在古畫名山
大川間詩格最高
是何處所得從容來應
世疑萬里長江數第

地退潮一千里東坡
流放地如許絕頂
詩人或依江而生或
憑江而哭或臨江而唱
或寄江而遊可見此

黃河
王道長江
思黃河濃
長江淡守神秘而
河喧相合成

一细宛中无诗鸩
氧采大河之赐焉
河洋唤庄嚴长江
翱卷奇磊黄河推
出百画长江托峯

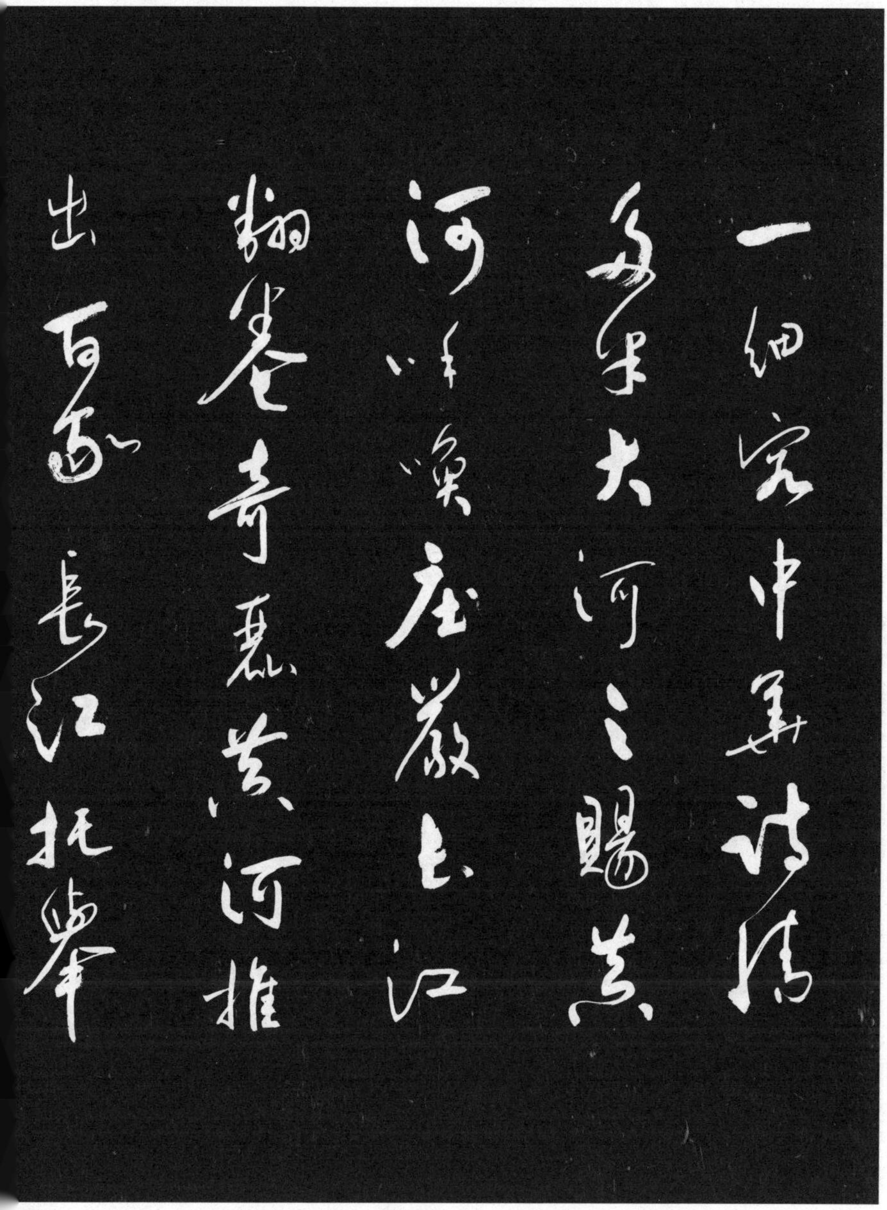

生不大漠烟水天

下不可無詩為

浮生之韻詩乃善

書之寫既然不遇

盛唐中國與詩不

文的一體李白自天外兼得河之力一路尋覓於鄉歸於此江上磯於是主地成台峰集千古精思

雄既然有過李白

九州別具經緯

余秋雨文華書

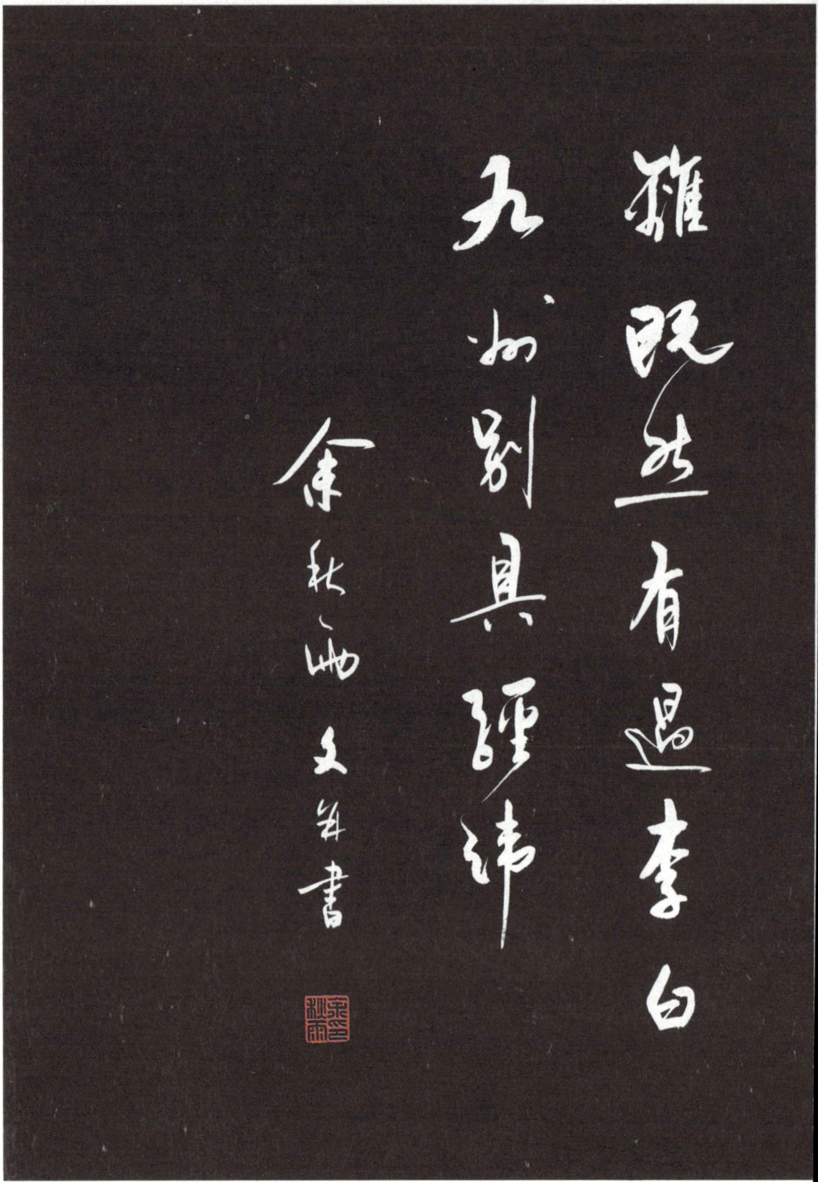

大圣塔碑

长江之南有句容城，句容城中有崇明寺，崇明寺内有大圣塔，此自古以来远近尽知之事也。

大圣塔因何得名？曰纪念大圣僧伽也；大圣来自何时？曰唐代也；大圣来自何处？曰西域也；西域何地？曰不可考也；属华夏之内之外耶？曰不得而知也。

可想见者，唯荒漠沙原，依稀行脚。于是，大唐之大，中亚之远，佛教之盛，句容之幸，尽在一塔也。

此塔初为木构，宋改砖塔。虽代有修缮，终无奈老去。八十年前被焚，四十年前被拆。五年前发心重建，捐献者六十余万。可见古塔于民，远且近矣；众目所盼，殷且诚矣。

此塔之建，如海航升桅，句容明日，大可期矣。

大聖塔因何得名
曰紀念大聖僧伽也
大聖來自何時曰
唐代也大聖來自
何處曰西域也西

長江之南有句容城句容城中有崇明寺崇明寺西有大聖像也自古以來奉迎者紛之何也

是大唐之大中亞
之遠佛教之盛
向寶之寺安在一
塔也七塔初為木
構宋改磚塔雖

域何地曰不可考也
属寿夏之中之外耶
曰不得而知也可想
足矣唯以点漠沙
原依归行脉於

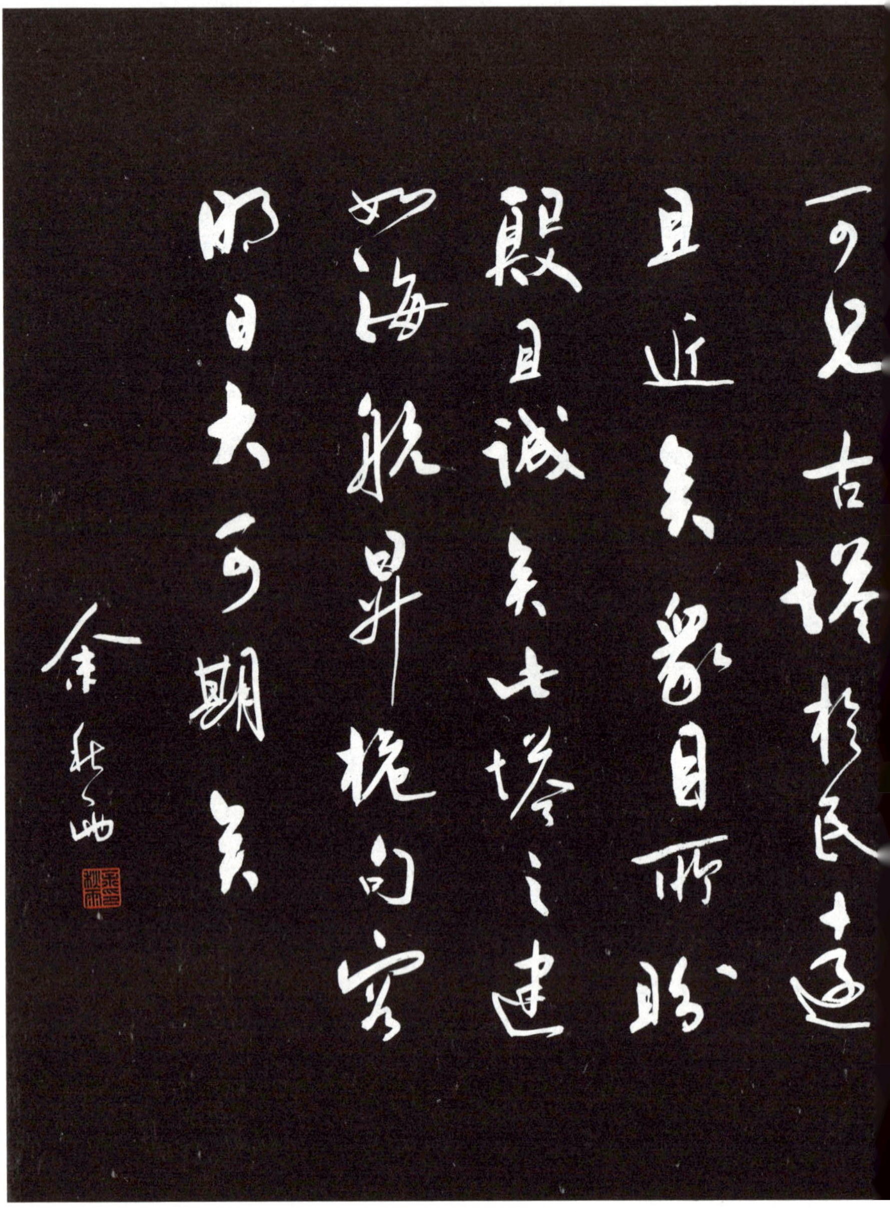
一日见古塔根底十道
且近矣数目所聆
殿目识矣七塔之建
如海舰昇桅向穹
明日大可期矣
余秋雨

代有修繕終莫奈
老去八十年為被
焚四十年為被拆
五年為發心重建
捐獻者以十餘萬

金钟楼碑记

一座城市若想由繁华上升到诗境，一靠景致，二靠故事。景致是空间之诗，故事是时间之诗。时间之诗未必尽是历史，仲马和雨果在巴黎已创佳例。

上海缺少时间之诗，却也有一些传说值得珍惜。相传距今一千七百余年，正是三国赤乌年间，一位高僧建成静安寺后又执杖东行，发现一殊胜之地，即谓之“流金地缘”，便建一钟楼曰“金钟楼”。其时此处濒临海滩，钟声楼影日夜呼应，渔火明灭，船楫隐约，直至毁于南宋战乱。

不知又过多少岁月，有一道人飘然云游至此，惊叹风水之奇曰：“纵使八仙共勘，亦非此莫属。”于是此处便有八仙桥，车水马龙成通衢，直至一九一四年坍塌。

毕竟，楼可摧而难夺地气，桥能塌而无改天意。既得佛道两家先后点化，此地早已称盛天下。当代上海企业家领悟其间玄机，合力重铸金钟，再造钟楼，为今日闹市留一峭拔老梦。此后匆匆行人若在摩肩接踵间听到天宇中传来堂皇钟鸣，应稍稍停步。因为这便是时间之诗，这便是城市之魂。

一座城市名趣由
繁華々昇到詩境
一處景致二處故事
景致是空間之詩故

傳說隨得經悟和尚
距今一千七百餘年已
是三國末期年間一
位高僧建成靜安
寺後又執杖東行

子是時地之詩時間
之詩來伴者是歷史
仲馬和雨果住巴黎
已創佳作上海缺少
時間之詩却也有一些

渔坐四减船樯徙约
直至殿作为宋战
歌不知又过多少岁
月有一道入野生云
游至此势肇风水之奇

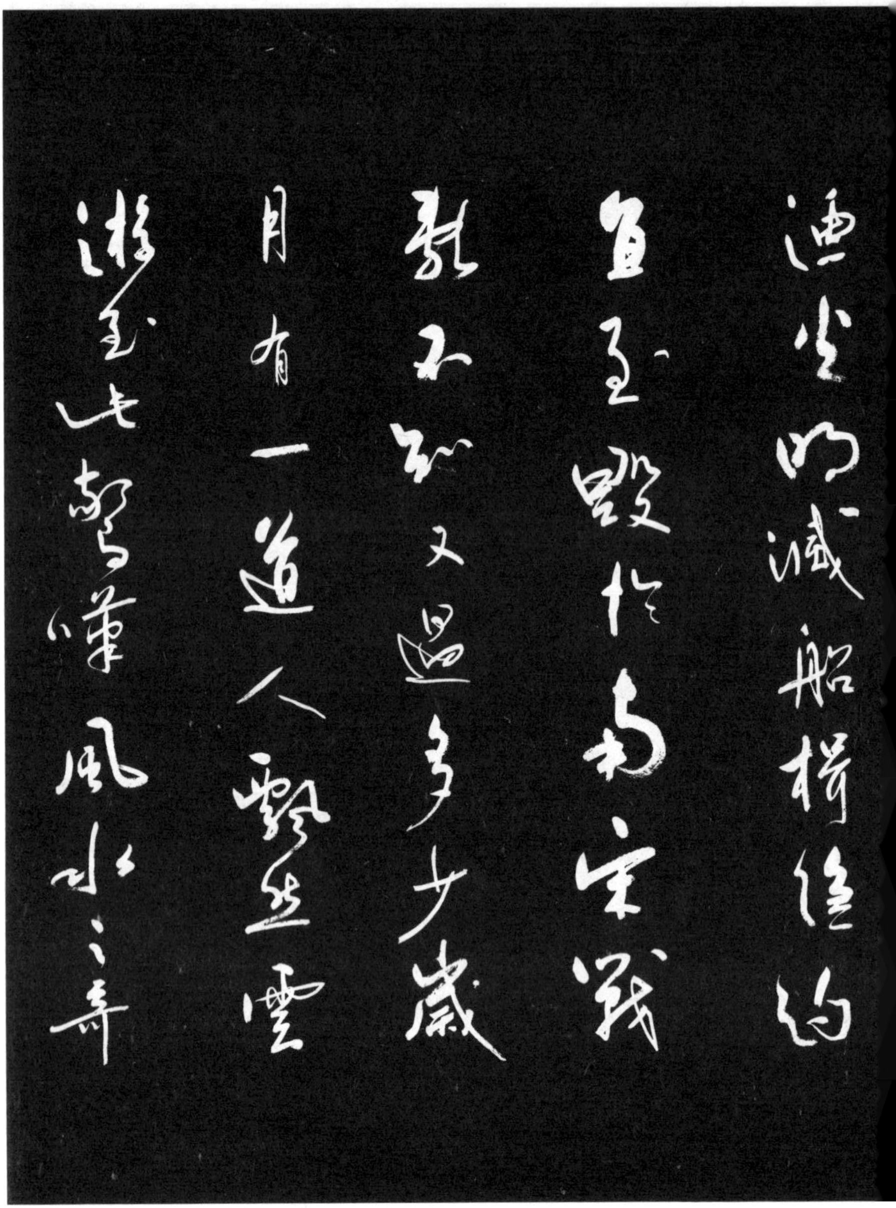

發現一珠勝之地即
謂之海金地籌度建
一鐘樓曰金鐘樓其
時七廈激臨海瀕鐘
聲搖動日辰以半廈

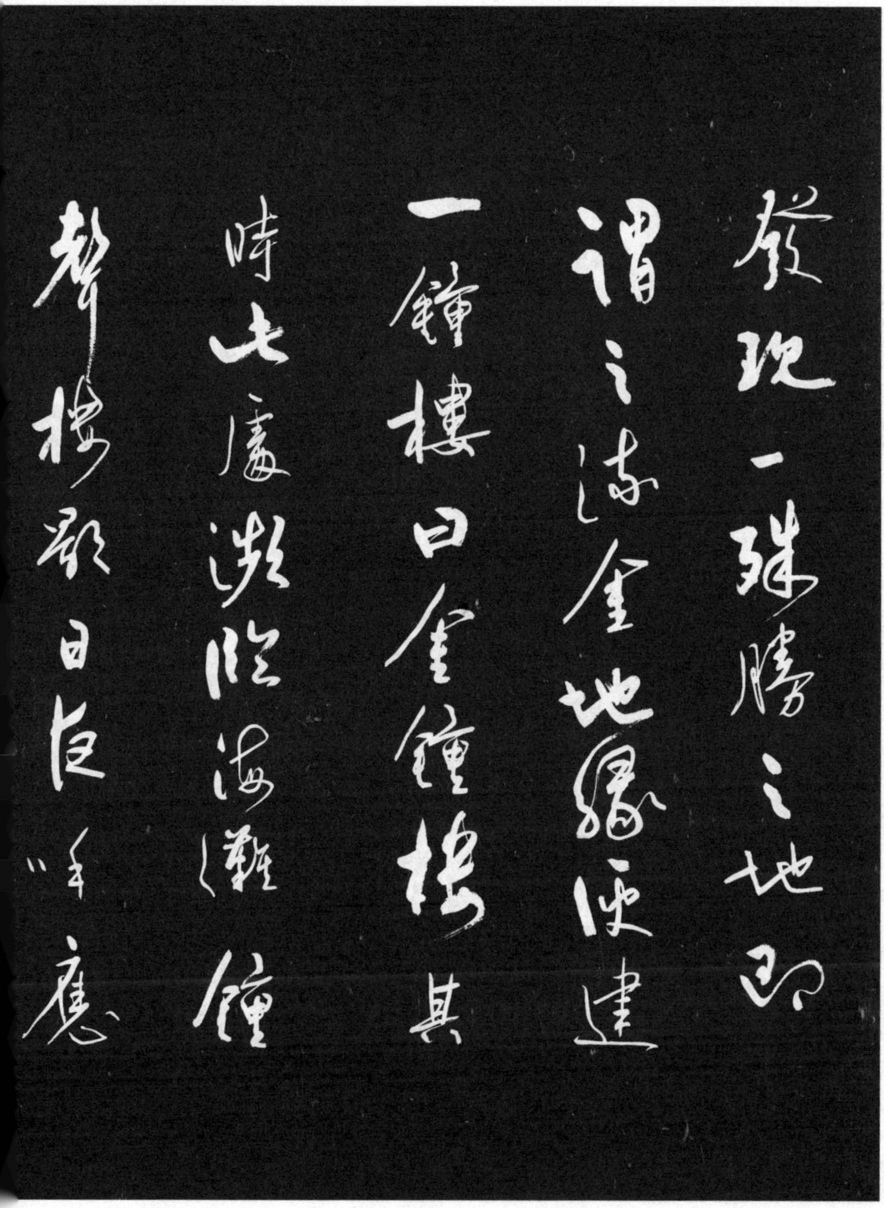

雖尊地氣構結場而
無改天意既得佛
道而當先後點化
七地早已福盛天下
當代上海企業敬領

曰縱使八仙共勸不非此
莫居於是此處便有
八仙樓東北馬號成通
衢直至一九一〇年拆
場畢竟樓子推而

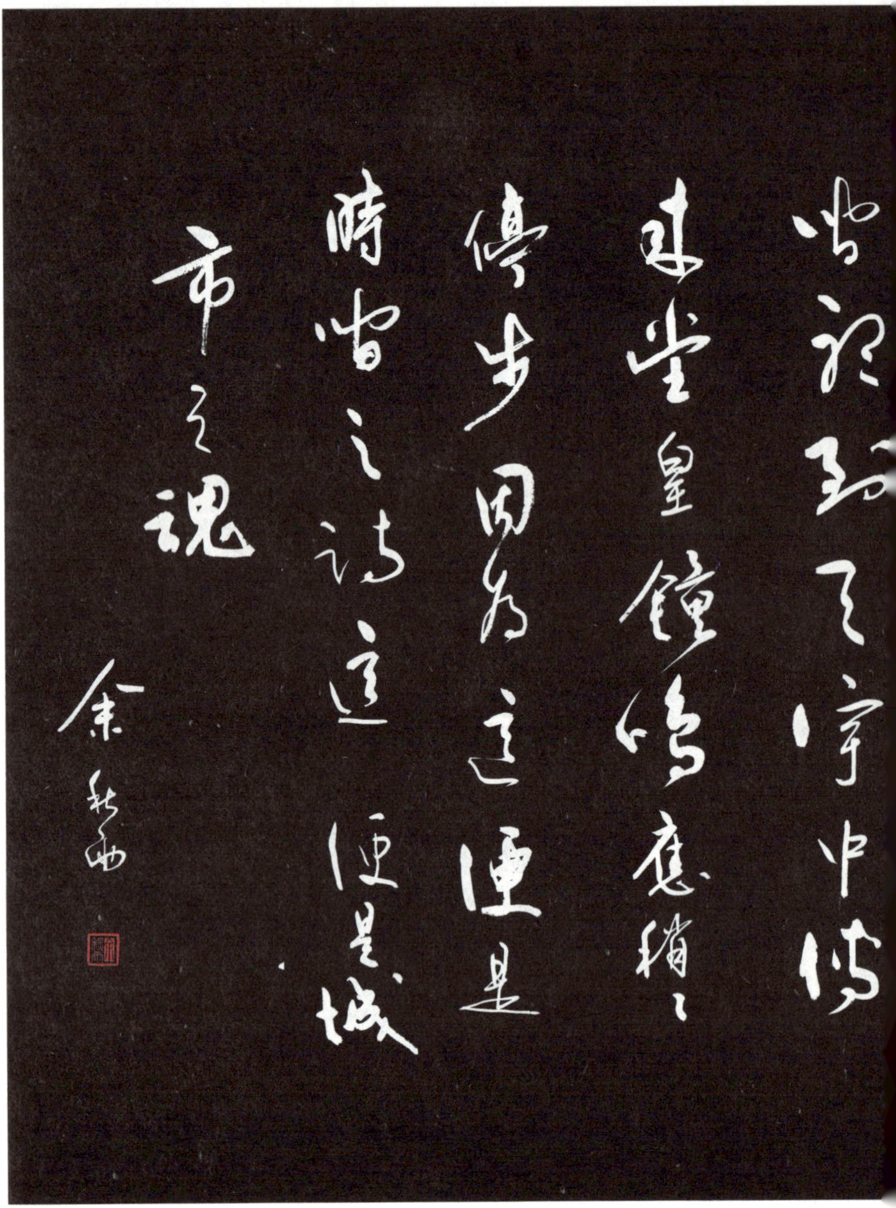
皆於那一字中傳
達望皇鐘鳴應稽稽
停步周易之邊便是
時皆之詩之道便是城
市之魂
余秋雨

悟共開玄機合力垂
鑄金鐘再造鐘樓
為之日鬧市留一清
接老學此後無行
人名在摩肩繼踵

榜额

仰韶文化遗址

将仰韶文化作为遗迹榜额的起点，在悠久性和重要性上，都无与伦比。

考古学家把人类原始社会分为石器时代、青铜时代、铁器时代。石器时代又分为旧石器时代和新石器时代。仰韶文化，是新石器时代晚期的村落遗址，距今已有七千年左右。一九二一年在河南渑池仰韶村首先被发现，后来在黄河流域发现类似的遗址千余处，构成庞大的仰韶文化遗址群。遗址中有大量石器、骨器和陶器，其中有一种彩陶，以精致的器形、图案、纹样成为中国古代工艺美学的重要起点。此外还有一些质朴的雕塑和饰品，表示我们的祖先在“刀耕火种”的时代已经开始艺术创造。

仰韶文化和其他诸多考古文化雄辩地证明，黄河流域确实是中华文明的摇篮。

我非常喜欢“仰韶”二字，虽是巧合，却把华夏后人对远古文明光华的景仰，表述得那么准确和简洁。

仰韶文化遺址

余秋雨 題

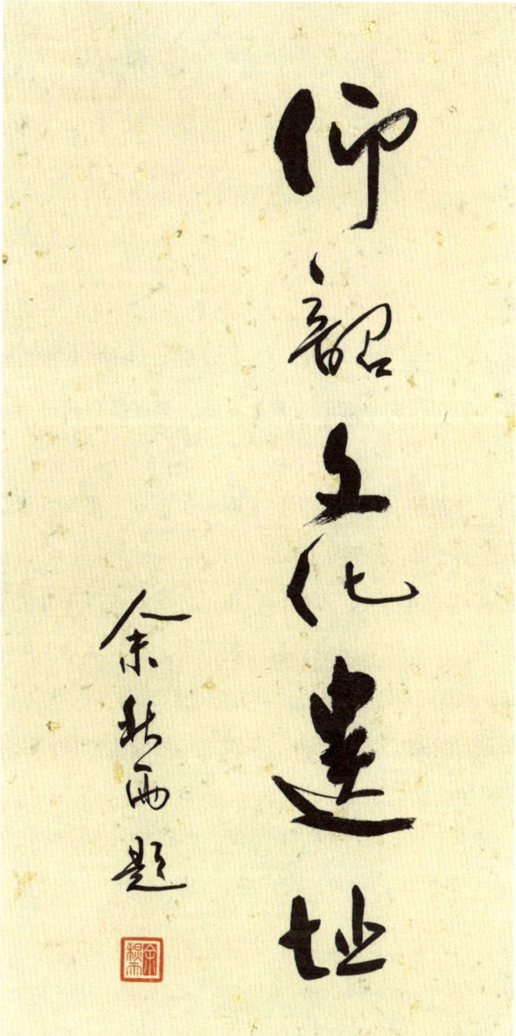

秦长城博物馆

历来习称，中国万里长城和秦始皇兵马俑为世界第七、第八奇迹。而少有人问，第一至第六奇迹在何处？我于书中得知，此乃远年一旅人凭自己在小亚细亚有限见闻，随兴排列而已，显非可信坐标。

幸而三年前诸多国际人士集聚欧洲里斯本，重评世界奇迹。投票结果，踞第一者，乃万里长城。

由此吾可笑语国人，不必再以第七、第八或“东方威尼斯”等名号来自傲自雄。华夏文明自有诸般不及人处，却是至今唯一存活之古文明。数千年不息之血汗跋涉，应使后代自在、自立。

此碑所示之秦长城，为万里长城之初始遗迹。最可观处，在内蒙古固阳县境之山坡之上。

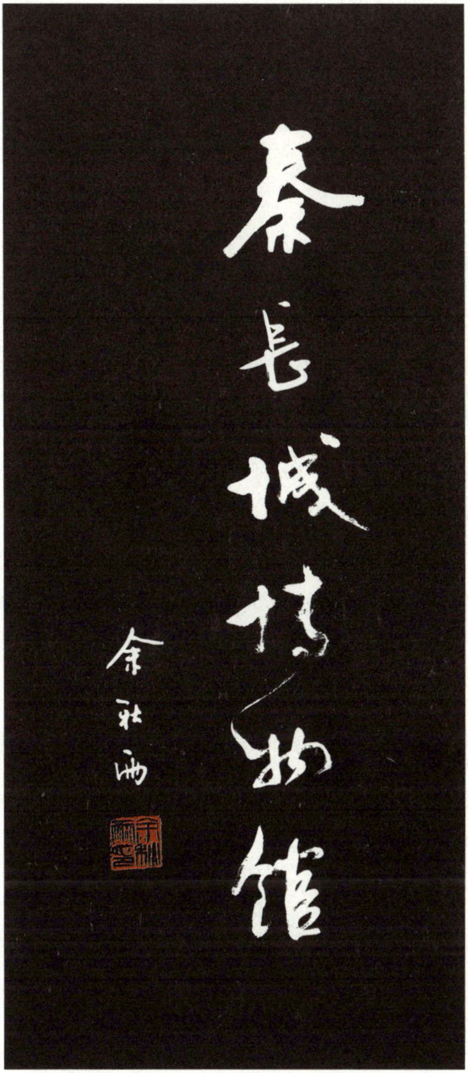
秦長城博物館
余秋雨

都江堰

“拜水都江堰，问道青城山。”多年前我曾在青城山石阶间吟得此联，并随即应邀书写于路旁一道观之几案上。不知何时得以流传，据称已成为当地标识，处处可见。

都江堰在“五一二”汶川大地震中蒙受重创。我于第一时间赶去救援，惊见废墟瓦砾间多有此联残片。我鞠身捧起，细细辨认，不禁感泣长叹。

此十字虽出自吾手，而吾不知拜水大仪竟如此之暴烈，亦不知问道之所答竟如此之艰险。可见天道难问，天机玄深，人在天怀，不可造次，须秉百般善心、千般德行，以奉敬畏。

大灾之后，余再度恭书此联。都江堰民众于灾后重建之地，两处立碑刻凿。

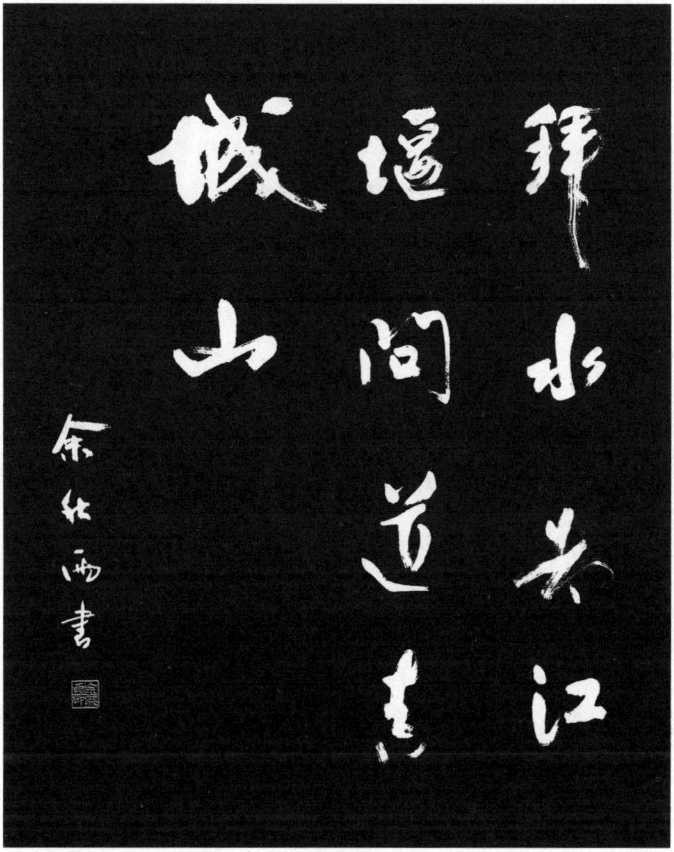
拜水都江堰
问道青城山
余秋雨书

中华首刹

白马寺，是佛教传入中国之初在内地建造的第一座寺院。相传东汉永平七年（公元六十四年），明帝听说西方有异神，便派遣使者前去天竺求法。永平十年，使者和天竺僧一起护送佛经、佛像回到河南洛阳。

据《洛阳伽蓝记》称，因佛经由白马驮来，故建寺曰白马寺。我的这幅题词，是三十多年前由白马寺僧人几度辗转托我书写，文字也为白马寺所拟定。

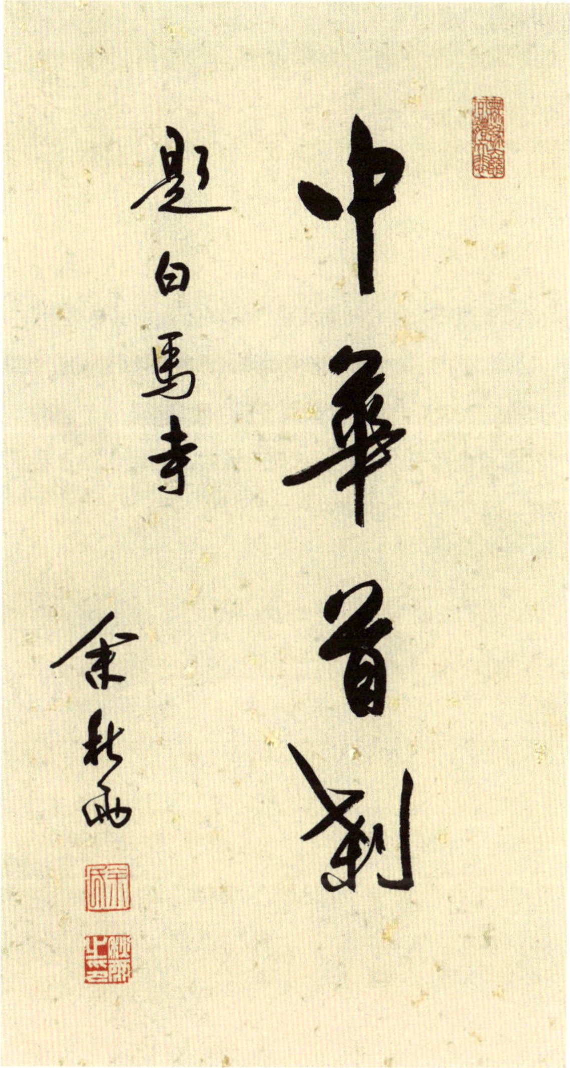
中華首剎
題白馬寺
余秋雨

萧何曹参墓园

萧何、曹参皆为西汉初期大臣，大汉基业之重要奠定者。萧何有追韩信、治关中、立九章等诸多功绩，曹参继萧何为相，延续“天下俱乐其美”之国策，故有“萧规曹随”之成语。

两人墓园坐落于今西安近郊航空城内，当代创业者重修墓园，恭敬祭拜，以期再续千年雄魂、大汉风范。

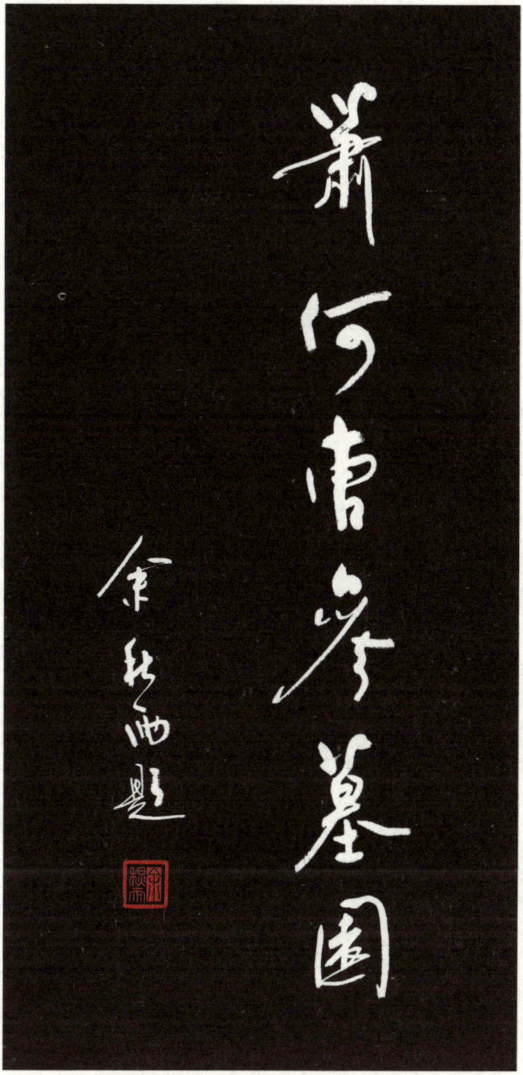
萧何曹参墓园
余秋雨题

云冈石窟

余平生研究史学，特别倾心北魏。

回溯秦汉两朝，皆竭力防御北方铁骑。谁知公元五世纪，反而是鲜卑拓跋氏铁骑建立之北朝，强劲提振中华文化，同时汲取印度文化、希腊文化、波斯文化，而成为当时人类文明之交融中心。中华文化，亦由此而精气充溢，直指辉煌。

故我曰，仅有诸子学说，难以构建大唐。直至北魏马蹄万里、雄气广凝，则大唐不远矣。

此乃中华文化之极大转折点。山西大同之云冈石窟，可为第一佐证。

余书此碑，立于云冈石窟“昙曜五窟”西侧之坡道上。

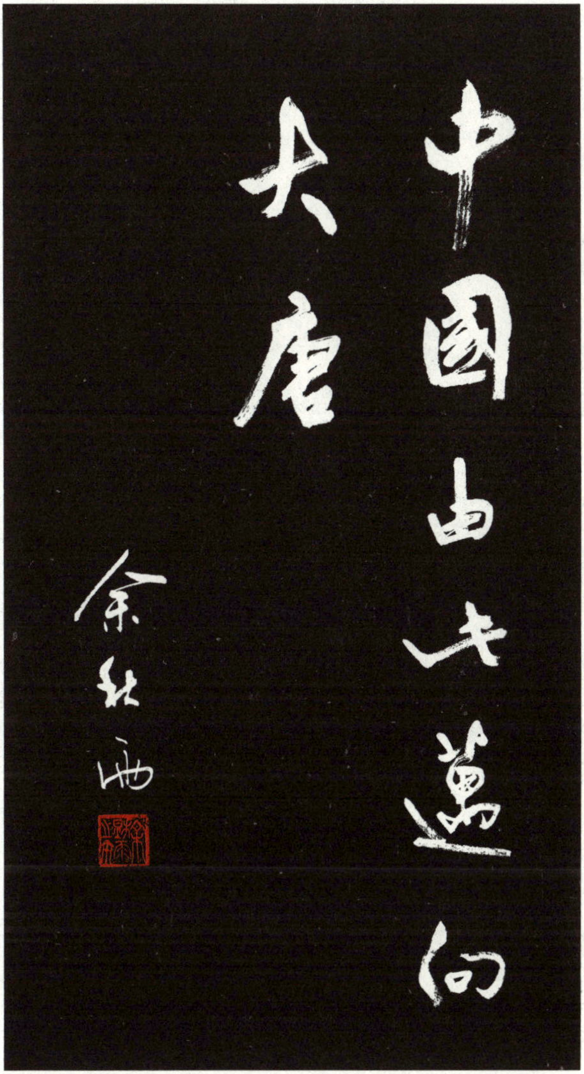
中國由此邁向大唐
余秋雨

千佛崖

千佛崖位于四川广元嘉陵江边的山崖上，为北魏至明代石刻佛像洞窟系列。洞窟紧贴沿江古栈道，可谓大通道边的精神长廊。

广元尚有其他著名大通道，例如李白咏叹过的剑门蜀道，以及举世罕见的汉柏大道。

与千佛崖名称相近的，有敦煌千佛洞即莫高窟，还有济南千佛山即历山。

我的这幅题字镌刻在洞窟门口时，做横向排列。

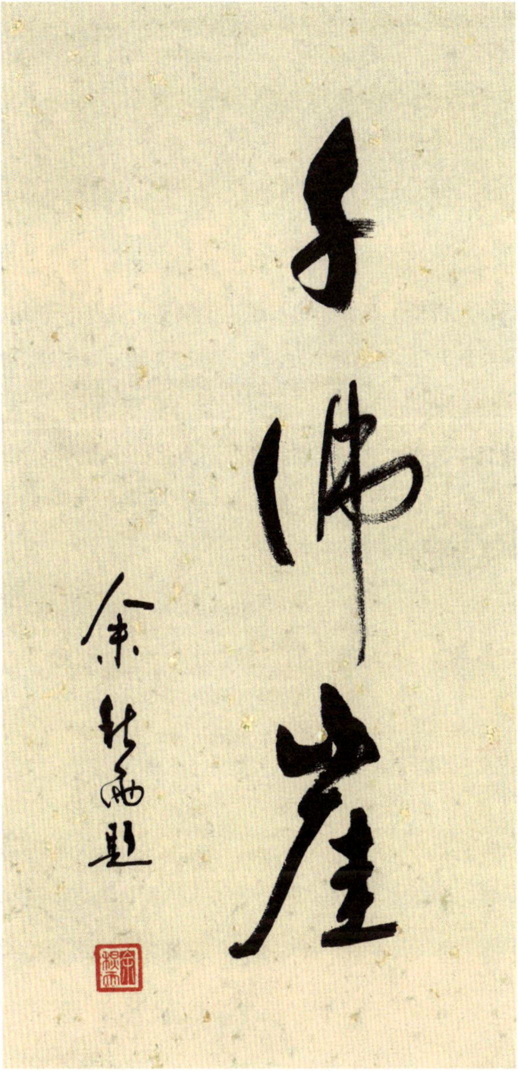
手佛崖
余秋雨题

大道巍峨

此四字已镌刻于江苏茅山石壁二十余年。道教称茅山为“第一福地，第八洞天”，茅山派之发源地，曾有许谧、陶弘景、吴筠等著名道士在此修炼。

道教乃中国本土之固有宗教，以道为化成宇宙万物之本源，并由此构成中华文化之重要精神主轴。

大道巍峨
余秋雨

南川金佛山

重庆南川之金佛山形似巨大卧佛，故历来有名谚相传：山即是佛，佛即是山。

余拜谒此山多时，所留墨迹不少，此为其中之一。

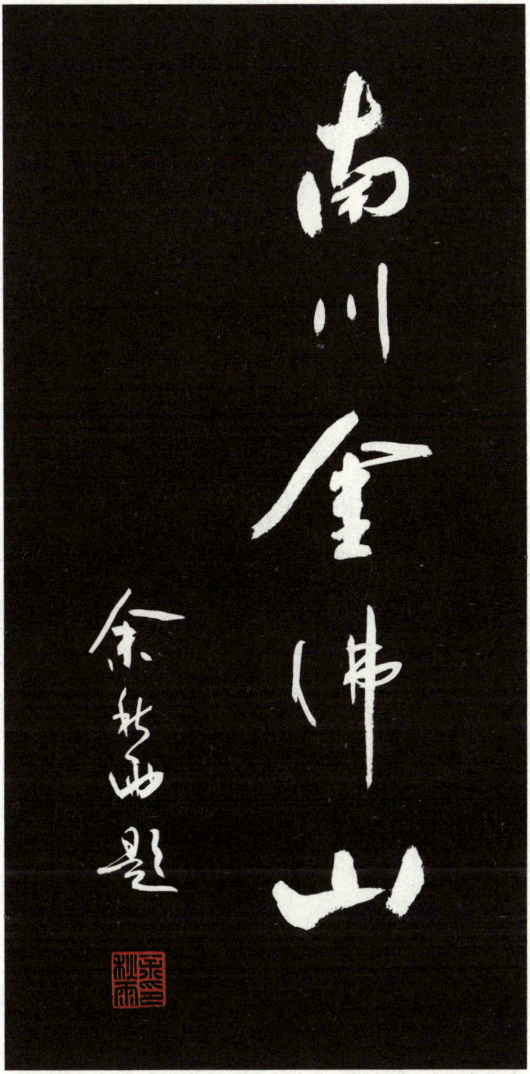
南川金佛山
余秋雨题

五磊寺山门对联

五磊寺在吾故乡浙江慈溪，古已有之，近代为弘一法师驻锡之地。

余幼年常见祖母及众多香客不顾劳累，攀山五座（即五磊），至寺朝拜。

进山之前，先在鸣鹤场白洋湖畔之石湫头诵经通宵。仪式之隆，令人敬仰。

余书此联，已镌刻于五磊寺山门：

寻山万里护三藏，观海千年陪五磊。

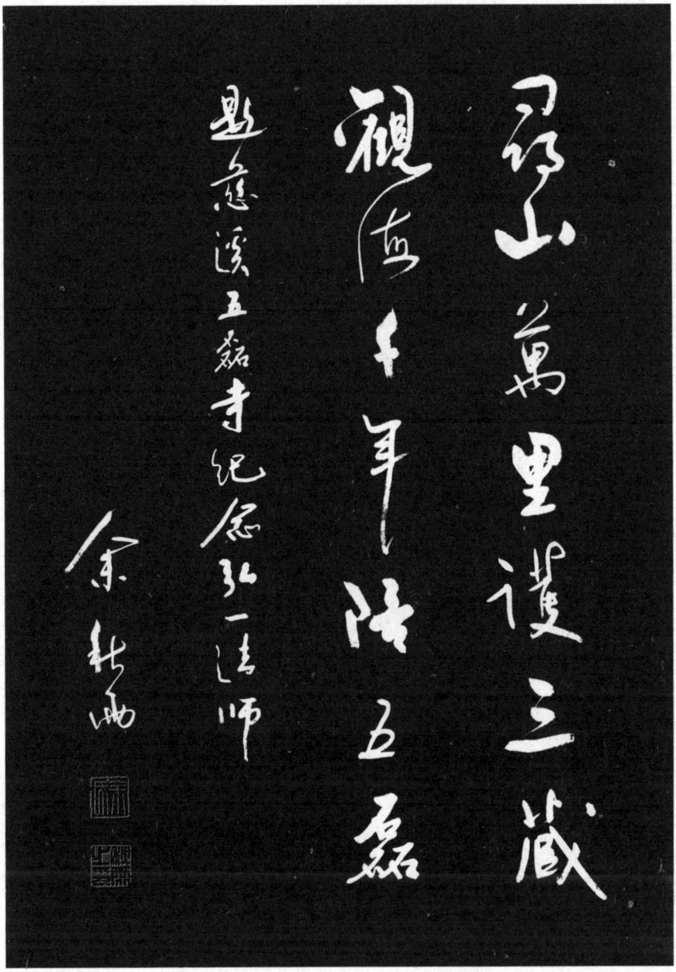
灵山萬里護三藏
觀音千年伴五磊
題慈溪五磊寺紀念弘一法师
余秋雨

昆仑第一城

昆仑第一城，即新疆叶城，置身于昆仑山与塔克拉玛干大沙漠连接处。由此出发可通西藏阿里地区，世界各国登山者攀缘世界第二高峰乔戈里峰亦以此为起点，故又称“天路之始，昆仑之门”。

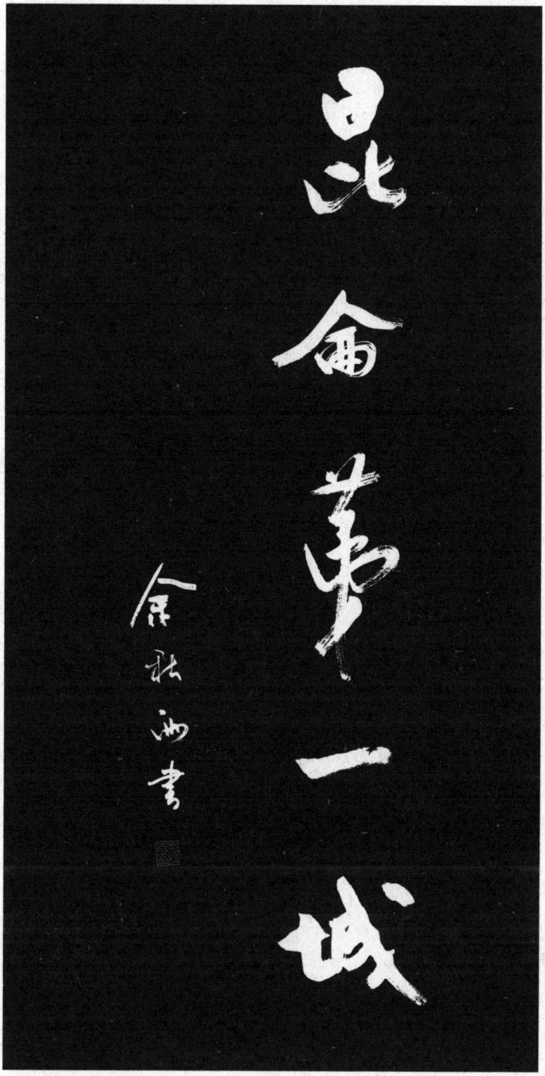
昆侖第一城
余秋雨書

译典

第二部分

脩能扈江離與辟芷兮紉秋蘭以為佩汩余若將不及兮恐年歲之不吾與朝搴阰之

屈原《离骚》

《离骚》今译

我是谁？

为何忧伤？

为何孤独？

为何流浪？

我是古代君王高阳氏的后裔，父亲的名字叫伯庸。我出生在寅年寅月庚寅那一天，父亲一看日子很正，就给我取了个好名叫正则，又加了一个字叫灵均。我既然拥有先天的美质，那就要重视后天的修养。于是我披挂了江蓠和香芷，又把秋兰佩结在身上。

天天就像赶不及，唯恐年岁太匆促。早晨到山坡摘取木兰，傍晚到洲渚采撷宿莽。日月匆匆留不住，春去秋来不停步。我只见草木凋零，我只怕美人迟暮。何不趁着盛年远离污浊，何不改一改眼下的法度？那就骑上骏马驰骋吧，我愿率先开路。

古代三王德行纯粹，众多贤良聚集周旁：申椒和菌桂交错杂陈，蕙草和香芷联结成行。遥想尧舜耿介坦荡，选定正道一路顺畅；相反桀纣步履困窘，想走捷径而陷于猖狂。现在那些党人苟且偷安，走的道路幽昧而荒唐。我并不是害怕自身遭殃，而只是恐惧国家败亡。我忙忙碌碌奔走先后，希望君王能效法先王。但是君王不体察我的一片真情，反而听信谗言而怒发殿堂。我当然知道忠直为患，但即便隐忍也心中难放。我指九天为证，这一切都是为了你，我的君王！

说好了黄昏时分见面，却为何半道改变路程？[1] 既然已经与我约定，却为何反悔而有了别心？我并不难以与你离别，只伤心你数次变更。

我已经栽植了九畹兰花，百亩蕙草。还种下了几垄留夷和揭车，杜衡和芳芷。只盼它们枝叶峻茂，到时候我来收摘。万一萎谢了也不要紧，怕只怕整个芳苑全然变质，让我哀伤。

众人为什么争夺得如此贪婪，永不满足总在索取。又喜欢用自己的标尺衡量别人，凭空生出那么多嫉妒。看四周大家都在奔跑追逐，这绝非我心中所需。我唯恐渐渐老之将至，来不及修名立身就把此生虚度。

早晨喝几口木兰的清露，晚上吃一把秋菊的残朵。只要内心美好坚定，即便是面黄肌瘦也不觉其苦。我拿着木根系上白芷，再把薜荔花蕊串在一起，又将蕙草缠上菌桂，搓成一条长长的绳索。我

---

[1] 原文为“曰黄昏以为期兮，羌中道而改路”。宋代洪兴祖《楚辞补注》认为这两句可能是衍文，或为后人所增。我倒是欣赏其间出现的突兀之奇，又不伤整体文气，所以保留。

要追寻古贤，绝不服从世俗。虽不能见容于今人，也要走彭咸[1]遗留的道路。

我擦着眼泪长叹，哀伤人生多艰。我虽然喜好修饰，也知道严于检点。但早晨刚刚进谏，傍晚就丢了官位。既责备我佩戴蕙草，又怪罪我手持茝兰。然而，只要我内心喜欢，哪怕九死也不会后悔。

只抱怨君王无思无虑，总不能理解别人心绪。众女嫉妒我的美色，便造谣说我淫荡无度。时俗历来投机取巧，背弃规矩进退失据。颠倒是非追慕邪曲，争把阿谀当作制度。我抑郁烦闷心神不定，一再自问为何独独困于此时此处。我宁肯溘死而远离，也不忍作态如许。

鹰雀不能合群，自古就是殊途。方圆岂可重叠，相安怎能异路。屈心而抑志，只能忍耻而含辱。保持清白而死于直道，本为前代圣贤厚嘱。我后悔没有看清道路，伫立良久决定回去。掉转车舆回到原路吧，赶快走出这短短的迷途。且让我的马在兰皋漫步，再到椒丘暂时驻足。既然进身不得反而获咎，那就不如退将下来，换上以前的衣服。

把荷叶制成上衣，把芙蓉集成下裳。无人赏识就由它去，只要我内心依然芬芳。高高的帽子耸在头顶，长长的佩带束在身上，芳香和汗渍交糅在一起，清白的品质毫无损伤。忽然回头远远眺望，我将去游观浩茫四荒。佩戴着缤纷的装饰，散发出阵阵清香。人世

---

[1] 彭咸，相传为殷代贤大夫，谏其君而不听，自投水而死。见王逸《楚辞章句》注。

间各有所乐，我独爱修饰已经习以为常。即使是粉身碎骨，岂能因惩戒而惊慌。

大姐着急地反复劝诫：“大禹的父亲过于刚直而死于羽山之野，你如此博学又有修养，为何也要坚持得如此孤傲？人人身边都长满了野草，你为何偏偏洁身自好？民众不可能听你的解释，有谁能体察你的情操？世人都在勾勾搭搭，你为何独独不听劝告？”

听完大姐我心烦闷，须向先圣求公正。渡过了沅湘再向南，我要找舜帝陈述一番。

我说，大禹的后代夏启得到了乐曲《九辩》、《九歌》，只知自纵自娱，不顾危难之局，终因儿子作乱而颠覆。后羿游玩过度，沉溺打猎，爱射大狐，淫乱之徒难有善终，那个寒浞就占了他的妻女。至于寒浞的儿子浇，强武好斗不加节制，终日欢娱，结果身首异处。夏桀一再违逆常理，怎能不与大祸遭遇。纣王行施酷刑，殷代因此难以长续。

相比之下，商汤、夏禹则虔恭有加。周朝的君王谨守大道，推举贤达，遵守规则，很少误差。皇天无私，看谁有德就帮助他。是啊，只有拥有圣哲的德行，才能拥有完整的天下。

瞻前而顾后，观人而察本，试问：谁能不义而可用？谁能不善而可行？我虽然面对危死，反省初心仍无一处悔恨。不愿为了别人的斧孔，来削凿自己的木柄，一个个前贤都为之牺牲。我嘘唏心中郁悒，哀叹生不逢辰，拿起柔软的蕙草来擦拭眼泪，那泪水早已打湿衣襟。

终于，我把衣衫铺在地上屈膝跪告：我已明白该走的正道，那就是驾龙乘风，飞上九霄。

清晨从苍梧出发，傍晚就到了昆仑。我想在这神山上稍稍停留，抬头一看已经暮色苍茫。太阳啊你慢点走，不要那么急迫地落向西边的崦嵫山。前面的路又长又远，我将上下而求索。

我在咸池饮马，又从神木扶桑上折下枝条，遮一遮刺目的光照，以便在天国逍遥。我要让月神作为先驱，让风神跟在后面，然后再去动员神鸟。我令凤凰日夜飞腾，我令云霓一路侍从，整个队伍分分合合，上上下下一片热闹。

终于到了天门，我请天帝的守卫把天门打开，但是，他却倚在门边冷眼相瞧。太阳已经落山，我扭结着幽兰等得苦恼。你看世事多么浑浊，总让嫉妒把好事毁掉。

第二天黎明，渡过神河白水，登上高丘阆风。拴好马匹眺望，不禁涕泪涔涔：高丘上，没有看见女人。

我急忙从春宫折下一束琼枝佩戴在身，趁鲜花还未凋落，看能赠予哪一位佳人。我叫云师快快飞动，去寻访古帝伏羲的宓妃洛神。我解下佩带寄托心意，让臣子蹇修当个媒人。谁知事情离合不定，宓妃古怪地摇头拒人。说是晚上要到穷石居住，早晨要到洧盘濯发。仗着相貌如此乖张，整日游逛不懂礼节，我便转过头去另做寻访。

四极八方观察遍，我周游一圈下九霄。巍峨的瑶台在眼前，有娀氏美女住里边。我让鸩鸟去说媒，情况似乎并不好。鸣飞的雄鸠也可用，但又嫌它太轻佻。犹豫是否亲自去，又怕违礼被嘲笑。找到凤凰送聘礼，但晚了，古帝高辛已先到。

想去远方无处落脚，那就随意游荡无聊。心中还有悠远夏朝，两位姑娘都是姓姚。可惜媒人全都太笨，事情还是很不可靠。

人世浑浊嫉贤妒才，大家习惯蔽美扬恶，结果谁也找不到美好。历代佳人虚无缥缈，贤明君主睡梦颠倒。我的情怀向谁倾诉？我又怎么忍耐到生命的终了？

拿着芳草竹片，请巫师灵氛为我占卜。

占问：“美美必合，谁不慕之？九州之大，难道只有这里才有佳人？”

卜答：“赶紧远逝，别再狐疑。天下何处无芳草，何必总是怀故土？”

是啊，世间昏暗又混乱，谁能真正了解我？人人好恶各不同，此间党人更异样：他们把艾草塞满腰间，却宣称不能把幽兰佩在身上；他们连草木的优劣也分不清，怎么能把美玉欣赏；他们把粪土填满了私囊，却嘲笑申椒没有芳香。

想要听从占卜，却又犹豫不定。正好巫咸[1]要在夜间降临，我揣着花椒精米前去拜问。百神全都来了，几乎挤满天庭。九嶷山的诸神也纷纷出迎，光芒闪耀显现威灵。

巫咸一见我，便告诉我很多有关吉利的事情。他说：勉力上下求索，寻找同道之人。连汤、禹也曾虔诚寻找，这才找到伊尹、皋

[1] 巫咸，据《山海经》之《大荒西经》所记，巫咸为“灵山十巫”之一。

陶协调善政。只要内心真有修为，又何必去用媒人？传说奴隶傅岩筑墙，商王武丁充分信任；吕望曾经当街操刀，周文王却把他大大提升；宁戚叩击牛角讴歌，齐桓公请来让他辅政……

该庆幸的是年岁还轻，时光未老。怕只怕杜鹃过早鸣叫，使百花应声而凋，使荃蕙化而为茅。

是啊，为什么往日的芳草，如今都变成了萧艾？难道还有别的什么理由，实在只因为它们缺少修养。我原以为兰花可靠，原来也是空有外相。委弃美质沉沦世俗，只能勉强列于众芳。申椒变得谄媚嚣张，椒草自行填满香囊。一心只想往上钻营，怎么还能固守其香？既然时俗都已同流，又有谁能坚贞恒常？既然申兰也都如此，何况揭车、江离之辈，不知会变成什么模样。

独可珍贵我的玉佩，虽被遗弃历尽沧桑，美好品质毫无损亏，至今依然散发馨香。那就让我像玉佩那样协调自乐吧，从容游走，继续寻访。趁我的服饰还比较壮观，正可以上天下地、行之无疆。

灵氛告诉我已获吉占，选个好日子我可以启程远方。

折下琼枝做佳肴，碾细玉屑做干粮。请为我驾上飞龙，用象牙、美玉装饰车辆。离心之群怎能同在，远逝便是自我流放。向着昆仑前进吧，长路漫漫正好万里爽朗。云霓的旗帜遮住了天际，玉铃的声音叮叮当当。早晨从天河的渡口出发，晚上就到达西天极乡。凤凰展翅如举云旗，雄姿翩翩在高空翱翔。

终于我进入了流沙地带，沿着赤水一步步徜徉。指挥蛟龙架好桥梁，又命西皇援手相帮。前途遥远而又艰险，我让众车侍候一旁。经过不周山再向左转，一指那西海便是方向。

集合起我的千乘车马，排齐了玉轮一起鸣响。驾车的八龙蜿蜒而行，长长的云旗随风飞扬。定下心来我按辔慢行，心神却是邈邈茫茫。那就奏起九歌，舞起韶乐吧，借此佳日尽情欢畅。

升上高天一片辉煌，忽然回首看到了故乡。我的车夫满脸悲戚，连我的马匹也在哀伤，低头曲身停步彷徨。

唉，算了吧。既然国中无人知我，我又何必怀恋故乡？既然不能实行美政，我将奔向彭咸所在的地方。

（译于壬辰年 春日）

《离骚》书法

揆余初度兮肇錫
余以嘉名名余正則兮
字余曰靈均紛吾既
有此內美兮又重之以
脩能扈江離與辟

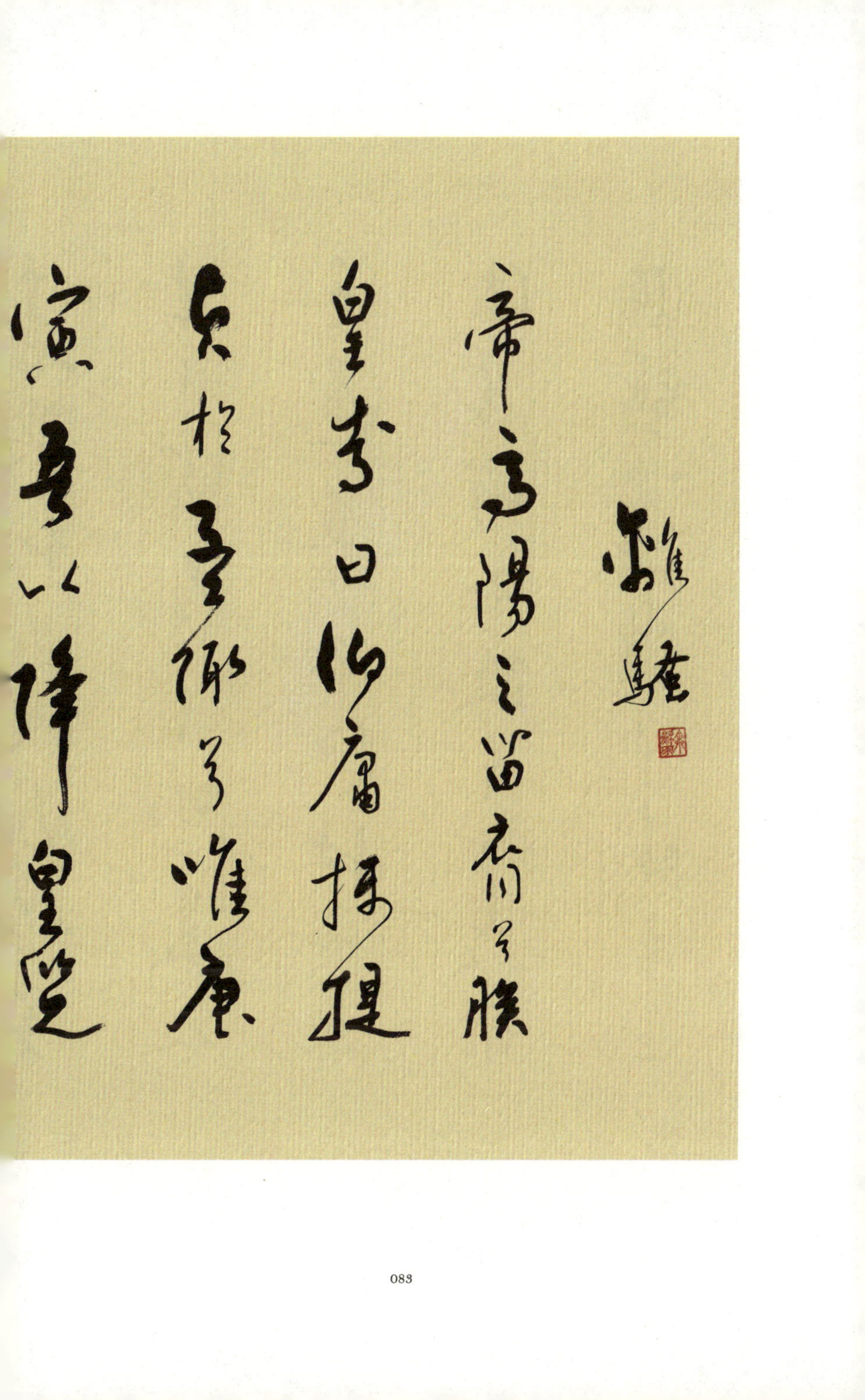

離騷

帝高陽之苗裔兮朕
皇考曰伯庸攝提
貞於孟陬兮惟庚
寅吾以降皇覽

春與秋其代序惟草
木之零落兮恐美人
之遲暮不撫壯而棄
穢兮何不改乎此度乘
騏驥以馳騁兮來吾道

芷兮紉秋蘭以為佩
汩余若將不及兮恐年
歲之不吾與朝搴阰之
木蘭兮夕攬洲之宿
莽日月忽其不淹兮

桀紂之猖披兮夫唯捷
徑以窘步惟夫黨人之
偷樂兮路幽昧以險隘
豈余身之憚殃兮恐皇
輿之敗績忽奔走以先

夫先路昔三后之純粹
兮固衆芳之所在雜申
椒與菌桂兮豈維紉夫
蕙茝彼堯舜之耿介
兮既遵道而得路何

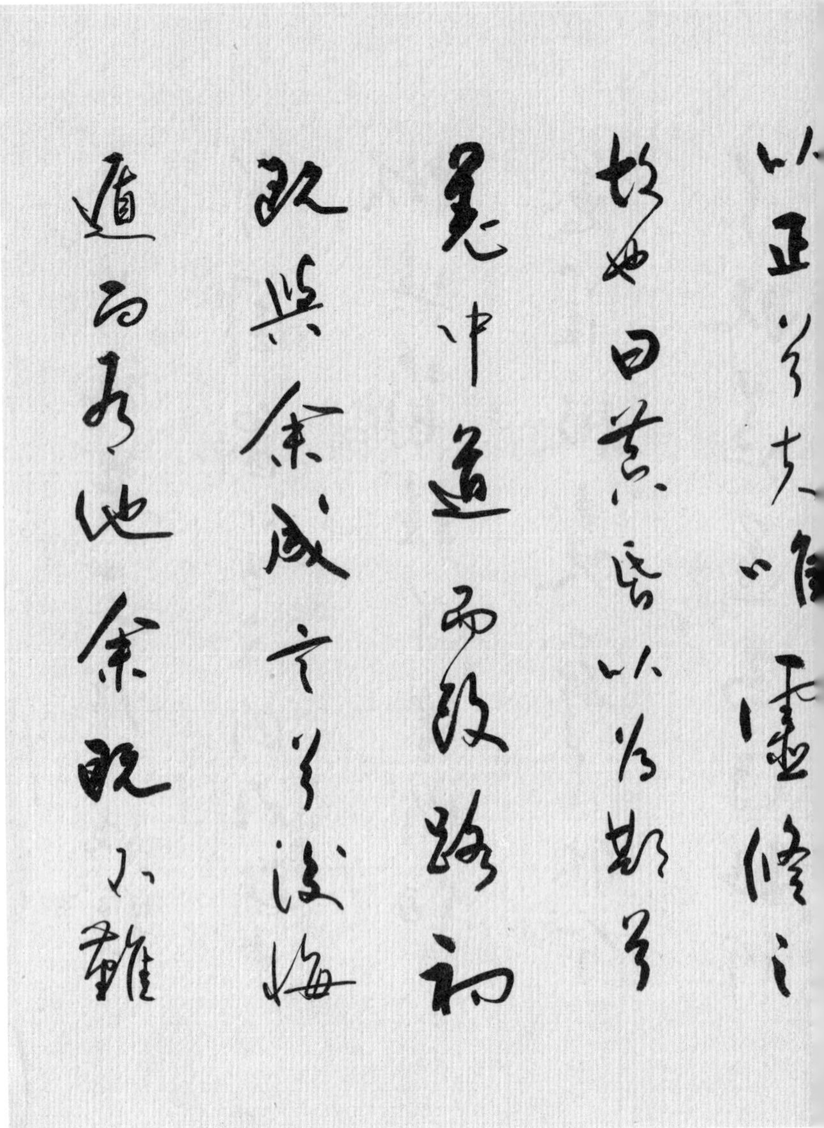

後兮及前王之踵武荃
不察余之中情兮反
信讒而齌怒余固知
謇謇之為患兮忍而
不能舍也指九天

冀枝葉之峻茂兮願
竢時乎吾將刈雖
萎絕其亦何傷兮
哀衆芳之蕪穢衆
皆競進以貪婪兮憑不

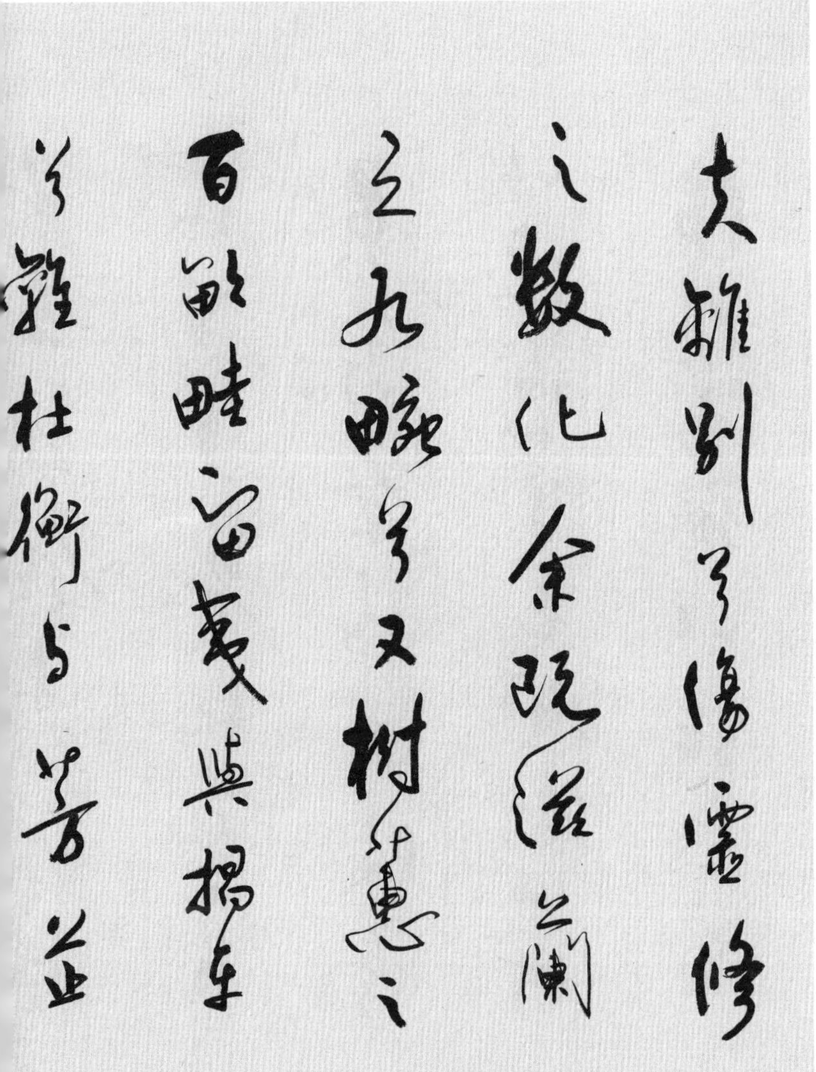
大雅則可傷靈修
之數化余既滋蘭
之九畹兮又樹蕙之
百畝畦留夷與揭車
兮雜杜衡與芳芷

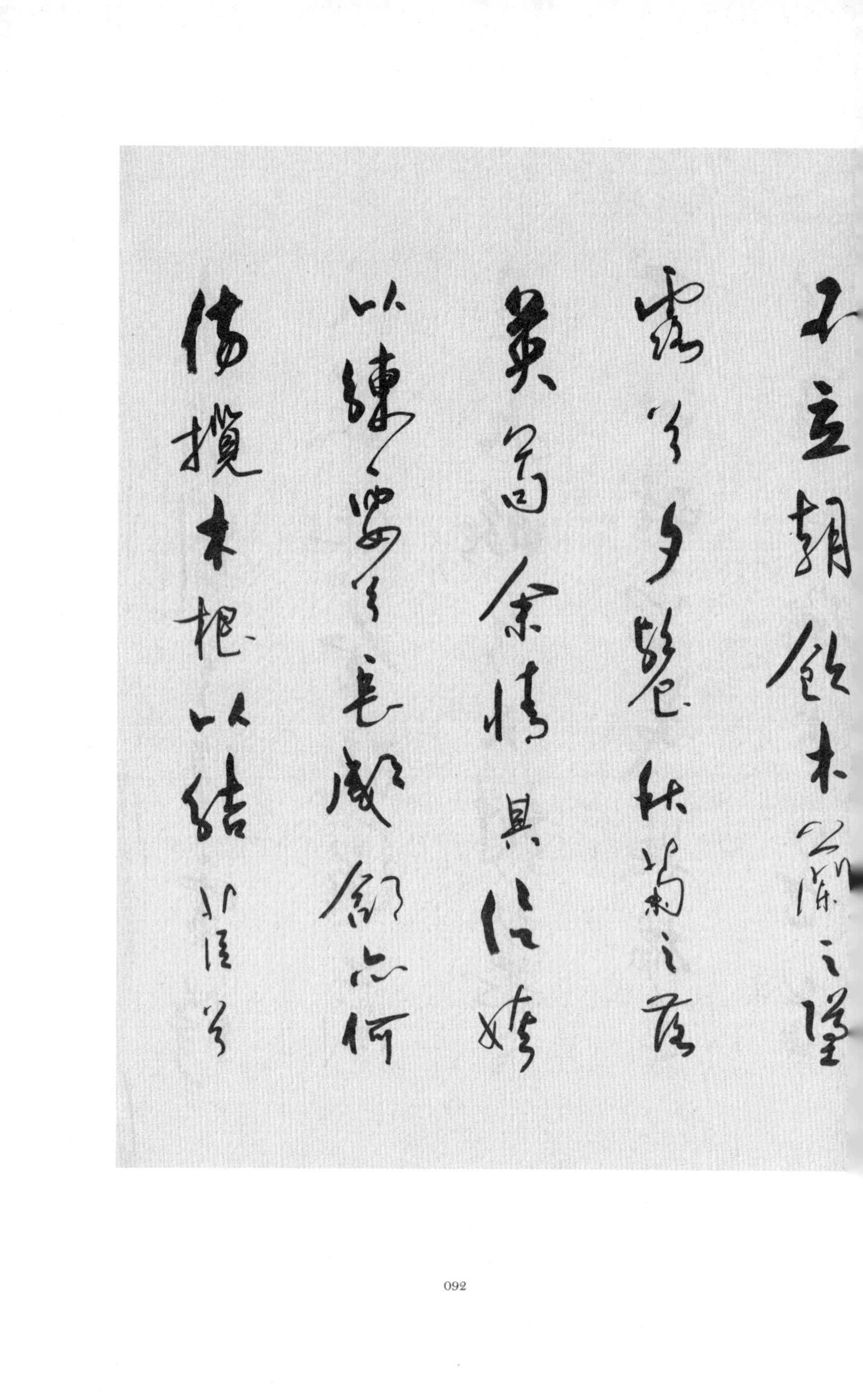

不立朝飲木蘭之墜
露兮夕餐秋菊之落
英苟余情其信姱
以練要兮長顑頷亦何
傷攬木根以結茝兮

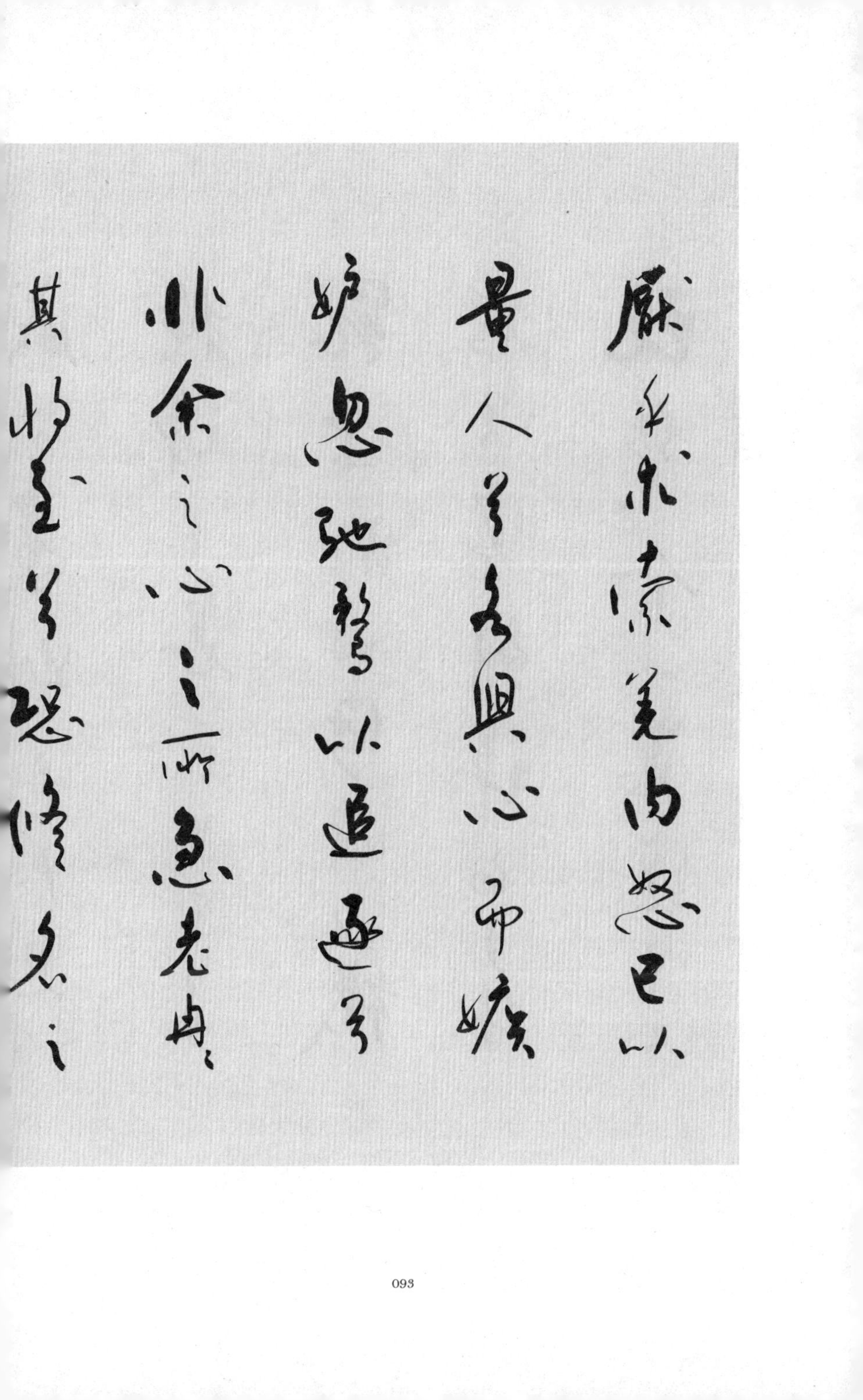

厌乎求索羌内恕己以
量人兮各兴心而嫉
妒忽驰骛以追逐兮
非余心之所急老冉冉
其将至兮恐修名之

咸之遺則長太息以
掩涕兮哀民生之多
艱余雖好修姱以鞿
羈兮謇朝誶而夕替
既替余以蕙纕兮又

貫薜荔之落蘂矯
菌桂以紉蕙索胡繩
之纚纚謇吾法夫前
修兮非世俗之所服雖
不周於今之人兮願依彭

諑謂余以善淫固時俗
之工巧兮偭規矩而改
兮終不察夫民心
衆女嫉余之蛾眉兮謠
諑謂余以善淫固時俗

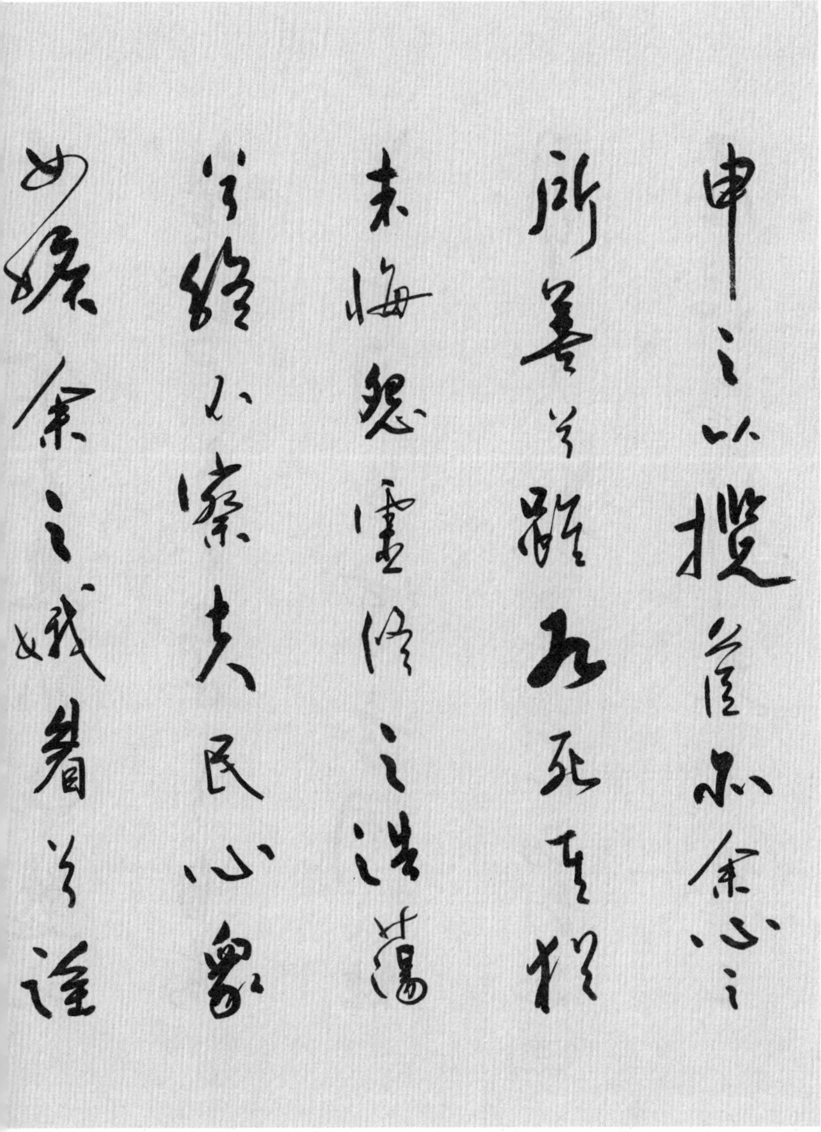
申之以揽茝亦余心之
所善兮虽九死其犹
未悔怨灵修之浩荡
兮终不察夫民心众
女嫉余之蛾眉兮谣

亡兮余不忍爲此態也
鷙鳥之不群兮自前
世而固然何方圜之能
周兮夫孰異道而相安
屈心而抑志兮忍尤

之工巧兮偭規矩而改
錯背繩墨以追曲兮競
周容以為度忳鬱邑
余侘傺兮吾獨窮困
乎此時也寧溘死以流

迷之未遠步余馬
於蘭皋兮馳椒丘
且焉止息進不入以
離尤兮退將復修
吾初服製芰荷以

而撓詘伏清白以死

自多国争聖之而屋

悔相道之不察兮

延佇乎吾将反回朕

車以復路乎又行

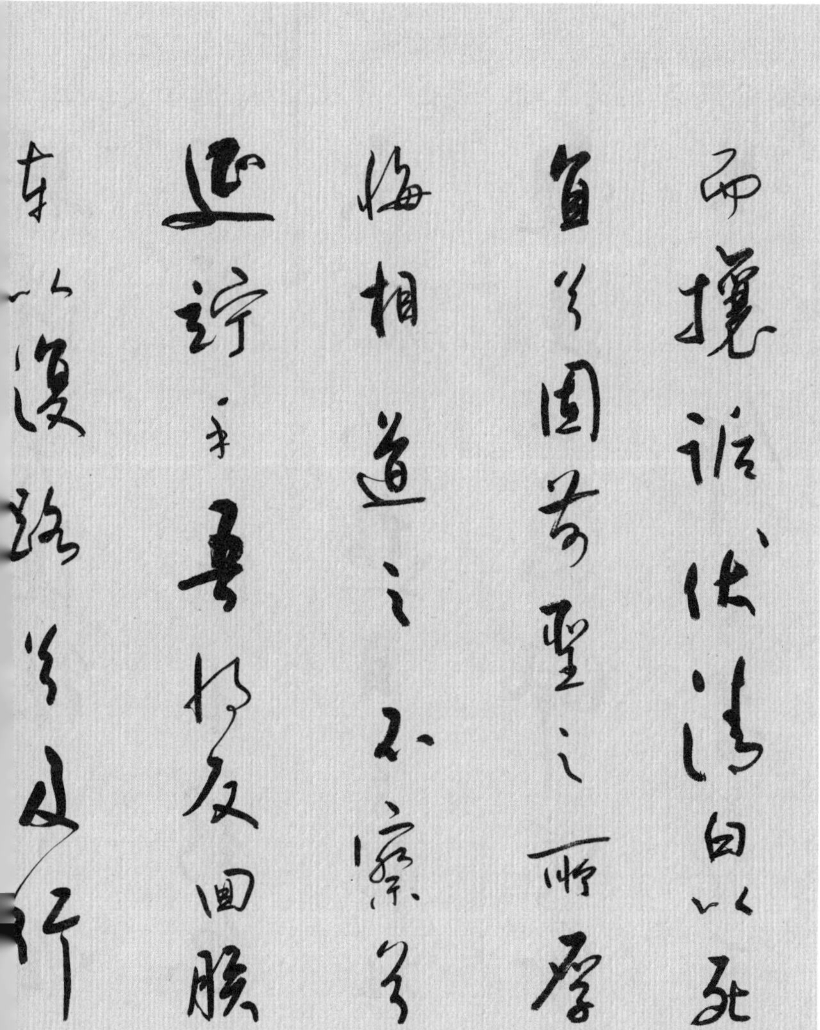

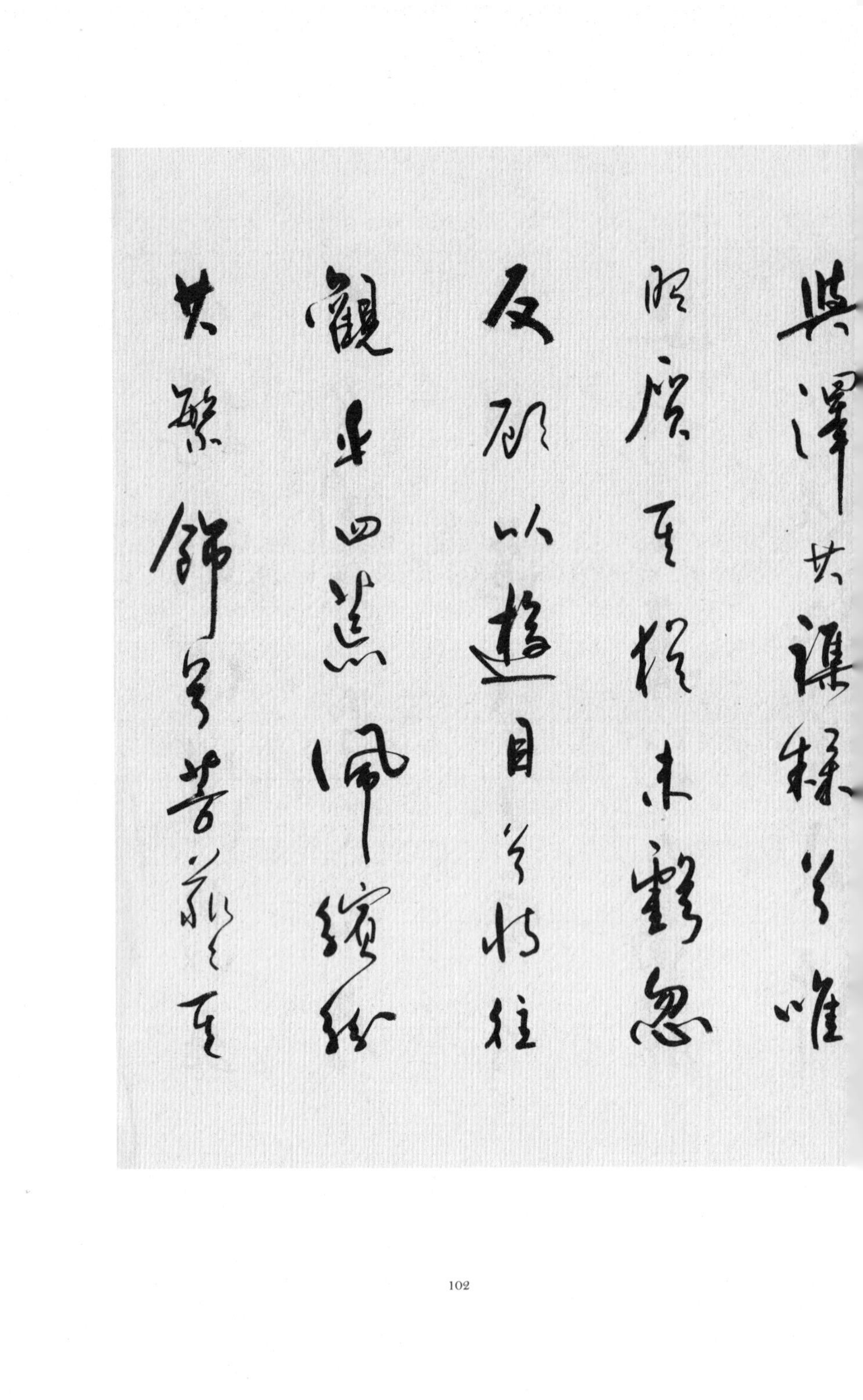

與澤其雜糅兮唯
昭質其猶未虧忽
反顧以遊目兮將往
觀乎四荒佩繽紛
其繁飾兮芳菲菲其

爲衣兮集芙蓉以爲
裳不吾知其亦已
兮苟余情其信芳
高余冠之岌岌兮
長余佩之陸離芳

申申其詈予曰鲧婞
直以亡身兮终然
殀乎羽之野汝何
博謇而好修兮纷
独有此姱节薋菉

彌章民生各有所樂
兮余獨好修以爲
常雖體解吾猶
未變兮豈余心之可
懲女嬃之嬋媛兮

然聞觀濤共餘經月

還又負夫剡曲溪舟

積懷殊闕雖縱然而

不意日康侯西自吳來

一顧曾聞大較須夏

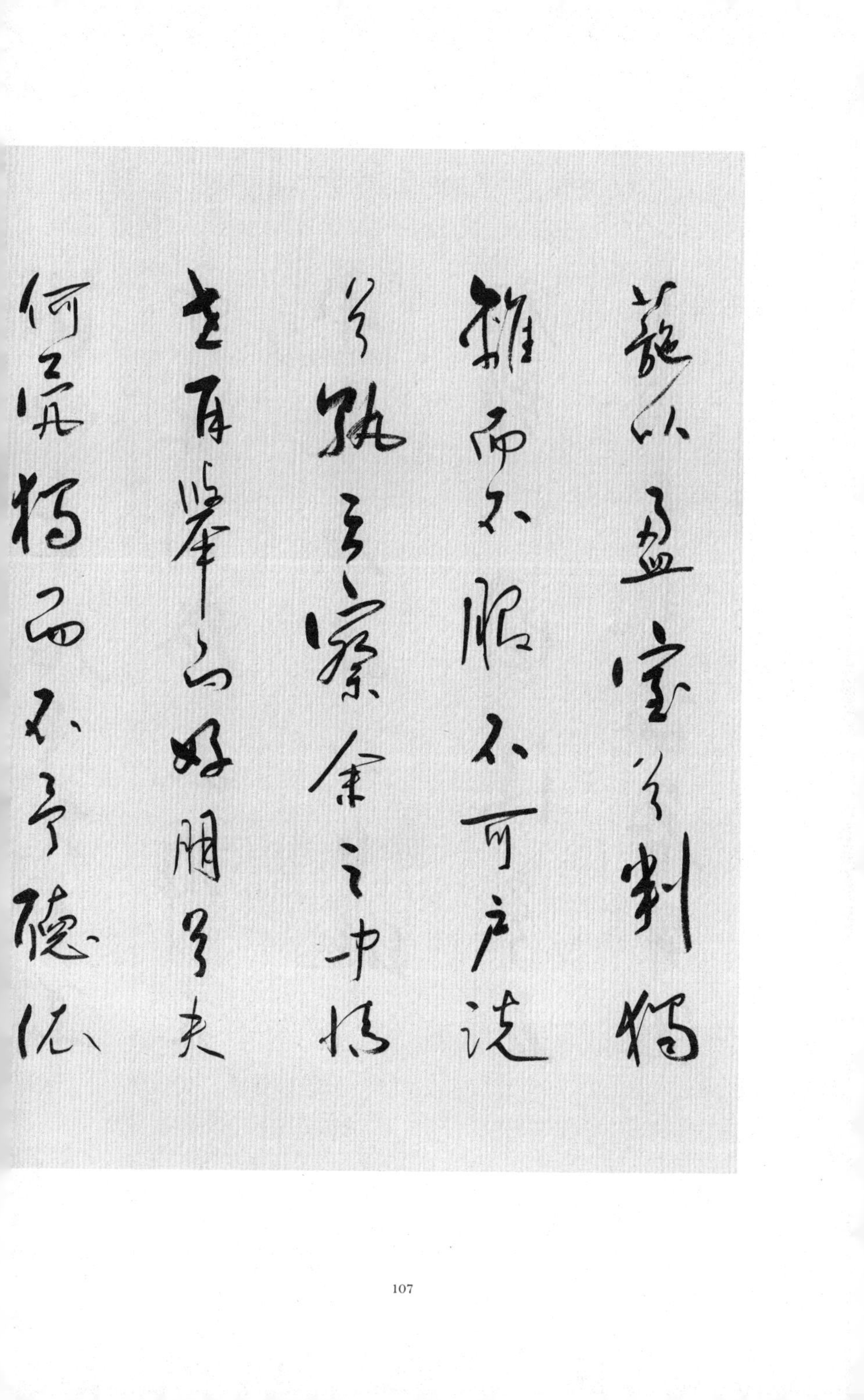

葹以盈室兮判獨
離而不服眾不可戶說
兮孰云察余之中情
世並舉而好朋兮夫
何煢獨而不予聽依

湘以南征兮就重華

而陳詞啓九辯九

歌夏康娛以自縱不

顧難以圖後兮五

子用失乎家巷羿淫

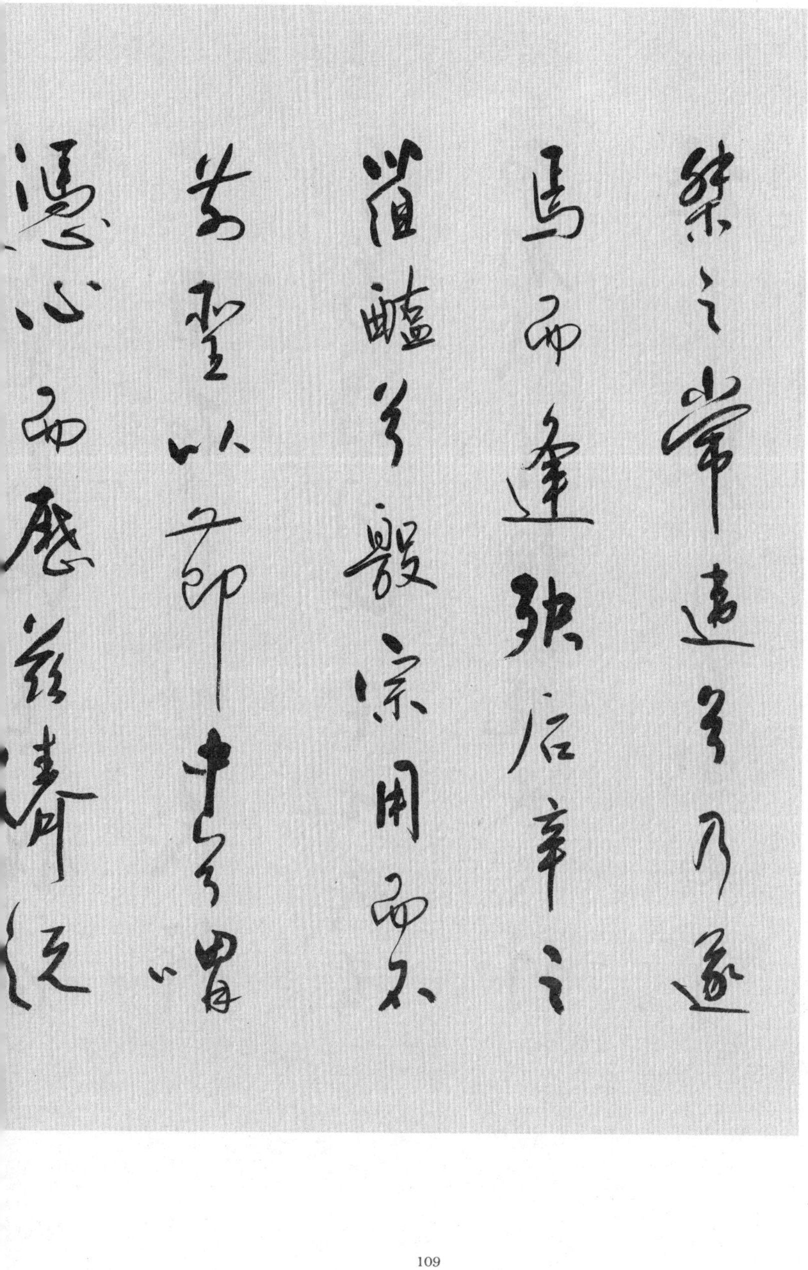

兮覽民德焉錯輔
夫維聖哲以茂行
兮苟得用此下土瞻前
而顧後兮相觀民之計
極夫孰非義而可

以佚畋兮又好射夫封
長湯禹儼而祗敬兮
周論道而莫差舉
賢而授能兮循繩墨
而不頗皇天無私阿

邕兮寵勝時之不當
攬英雄以擁漢兮
靈襟之浸跪數袪以
陳鋒兮秋無跡得
山中王細虯亂以集

閑步跳小堤西子胎
陪余身庵張公覺
余初共數來梅不量
鬱而正柏園爲修以
道醯公歡歡余機肇

兮望崦嵫而勿迫路漫漫其修遠兮吾將上下而求索飲余馬於咸池兮總余轡於扶桑折若木以拂日兮

鷖兮溘埃風余上征
朝發軔於蒼梧兮夕
余至乎縣圃欲少留
此靈瑣兮日忽忽其將
暮吾令羲和弭節

飛騰兮繼之以日夜飄
風屯其相離兮帥雲
吾令帝閽開關兮倚
閶闔而望予時曖曖
將罷兮結幽蘭而延

聊逍遙以相羊前
望舒使先驅兮後
飛廉使奔屬鸞
皇為余先戒兮雷師
告余以未具吾令鳳鳥

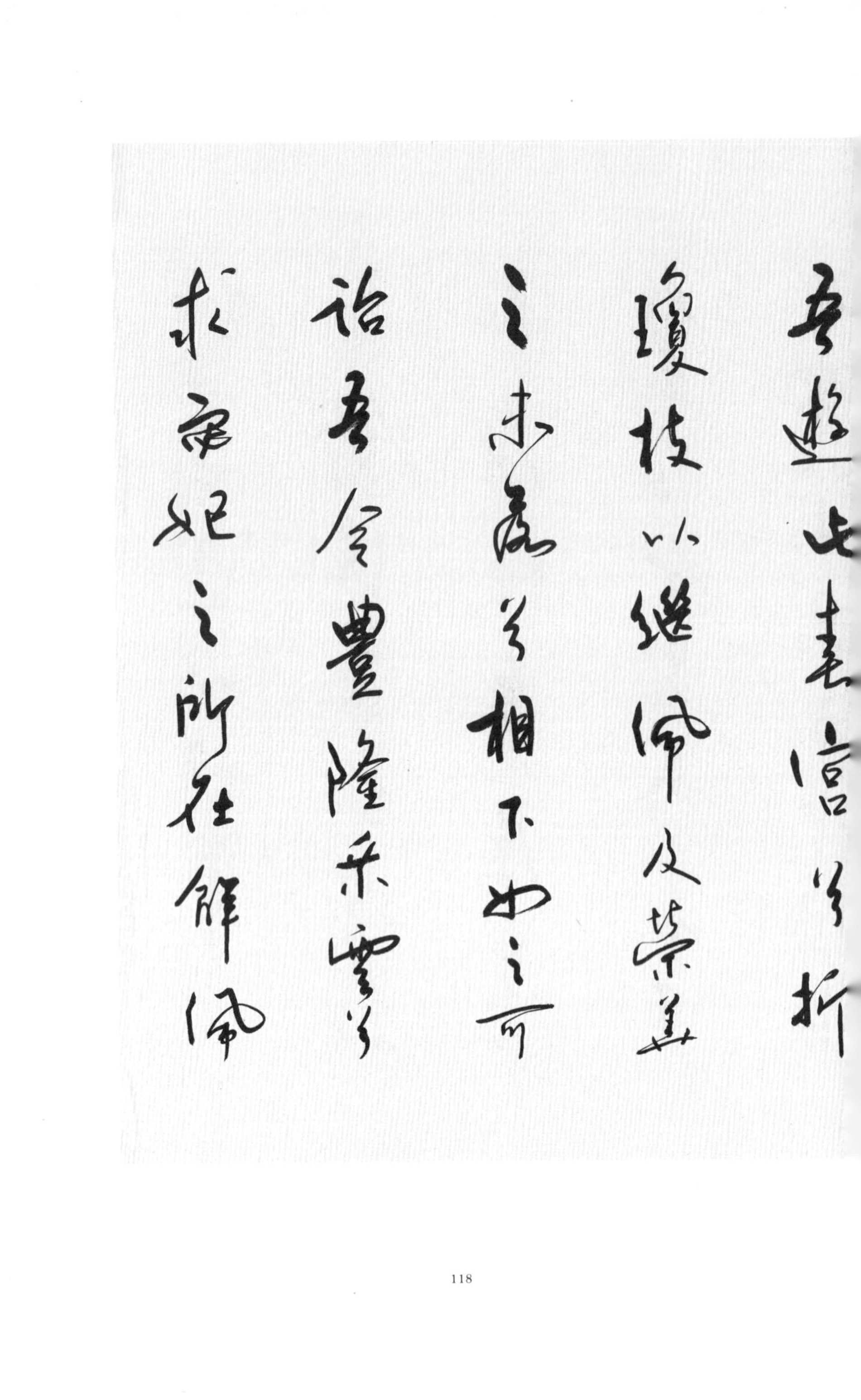

吾遊此春宮兮折
瓊枝以繼佩及榮華
之未落兮相下女之可
詒吾令豐隆乘雲兮
求宓妃之所在解佩

世溷濁而不分兮好蔽美而嫉妒朝吾將濟於白水兮登閬風而緤馬忽反顧以流涕兮哀高丘之無女

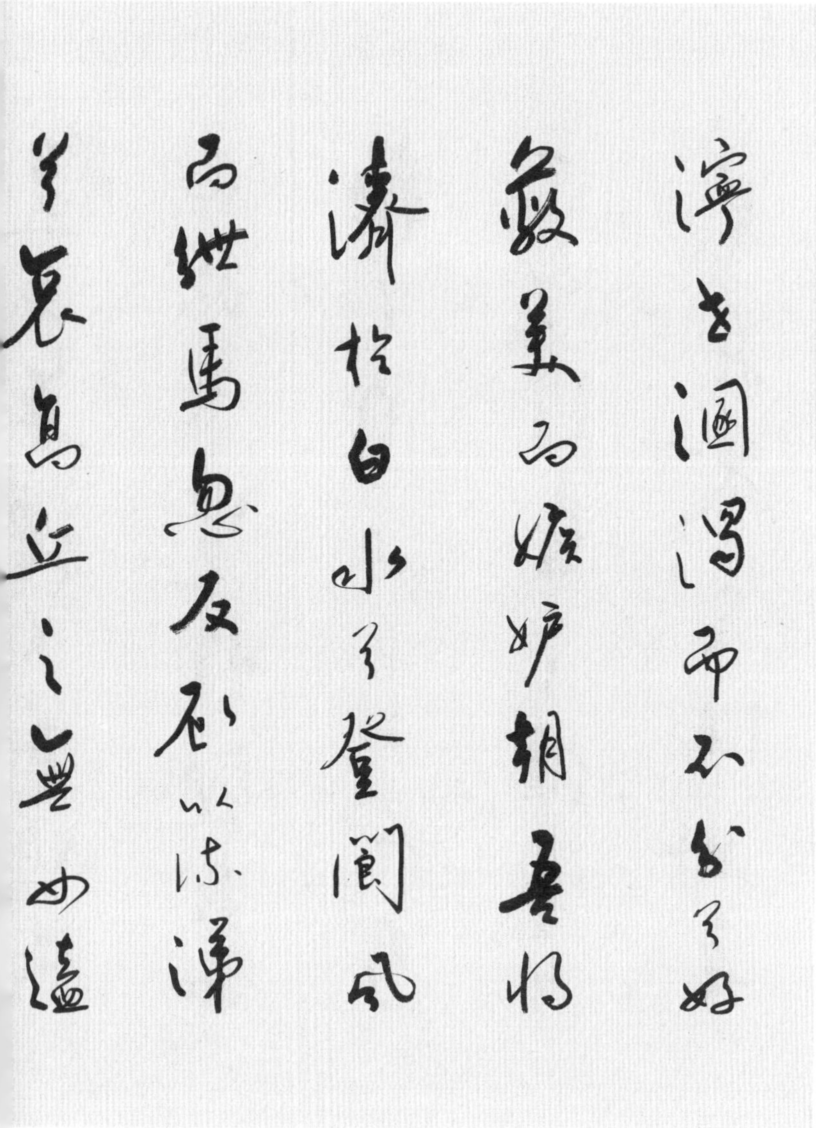

美而無禮兮來違棄

而改求覽相觀於四

極兮周流乎天余乃

下望瑤台之偃蹇兮

見有娀之佚女吾

纕以結言兮吾令蹇
修以為理紛總總其
離合兮忽緯繣其難
盤保厥美以驕傲兮
日康娛以淫遊雖信

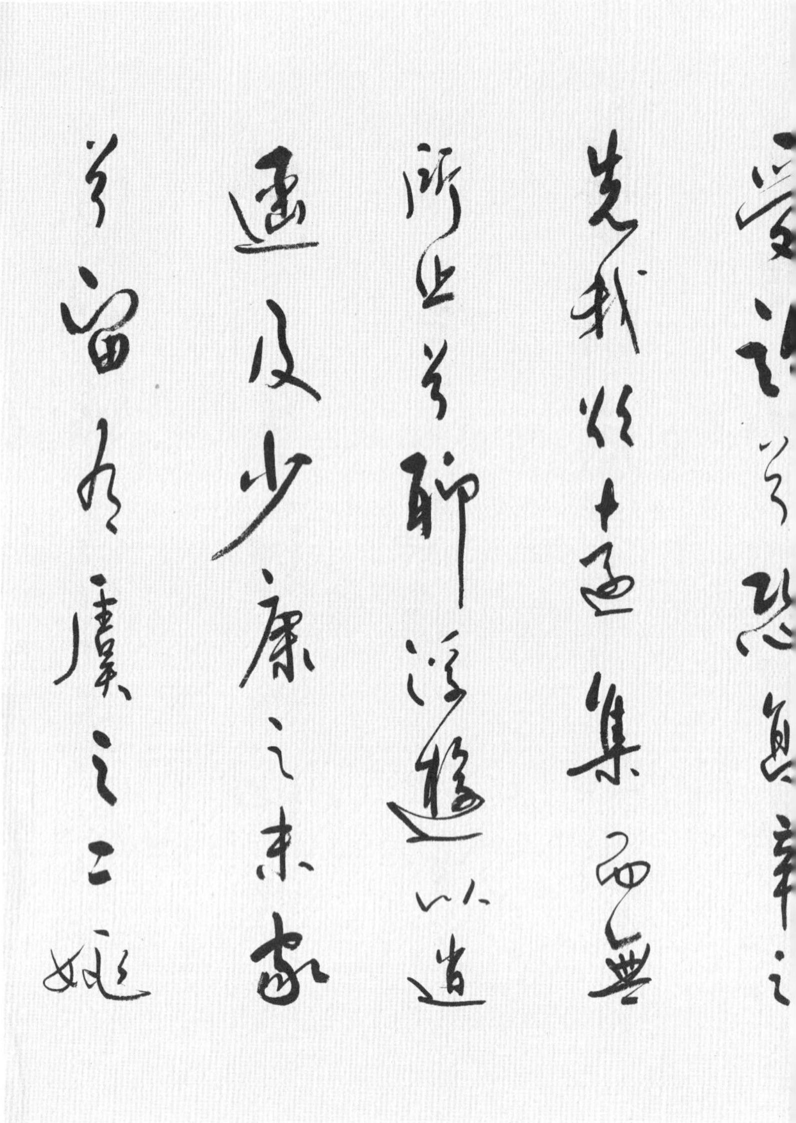
受詒兮恐高辛之
先我欲遠集而無
所止兮聊浮游以逍
遙及少康之未家
兮留有虞之二姚

令鴆為媒兮鴆告余
以不好雄鳩之鳴逝
兮余猶惡其佻巧心
猶豫而狐疑兮欲自
適而不可鳳皇既

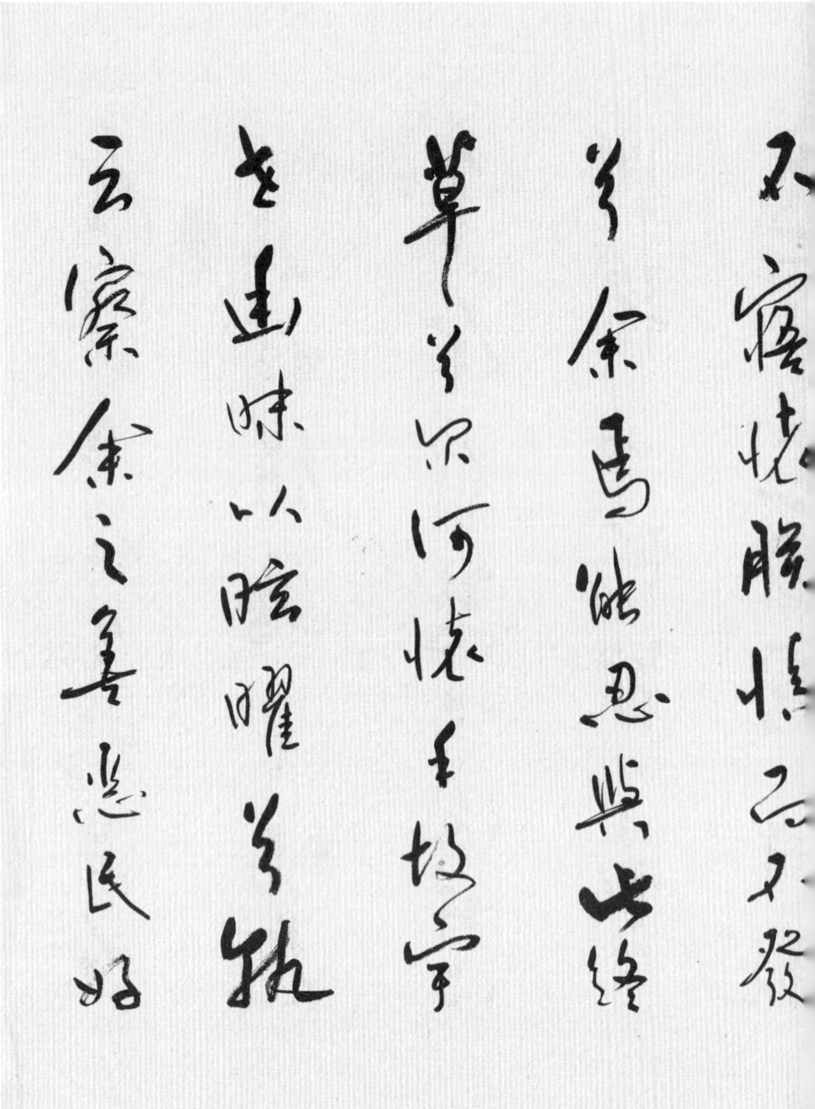

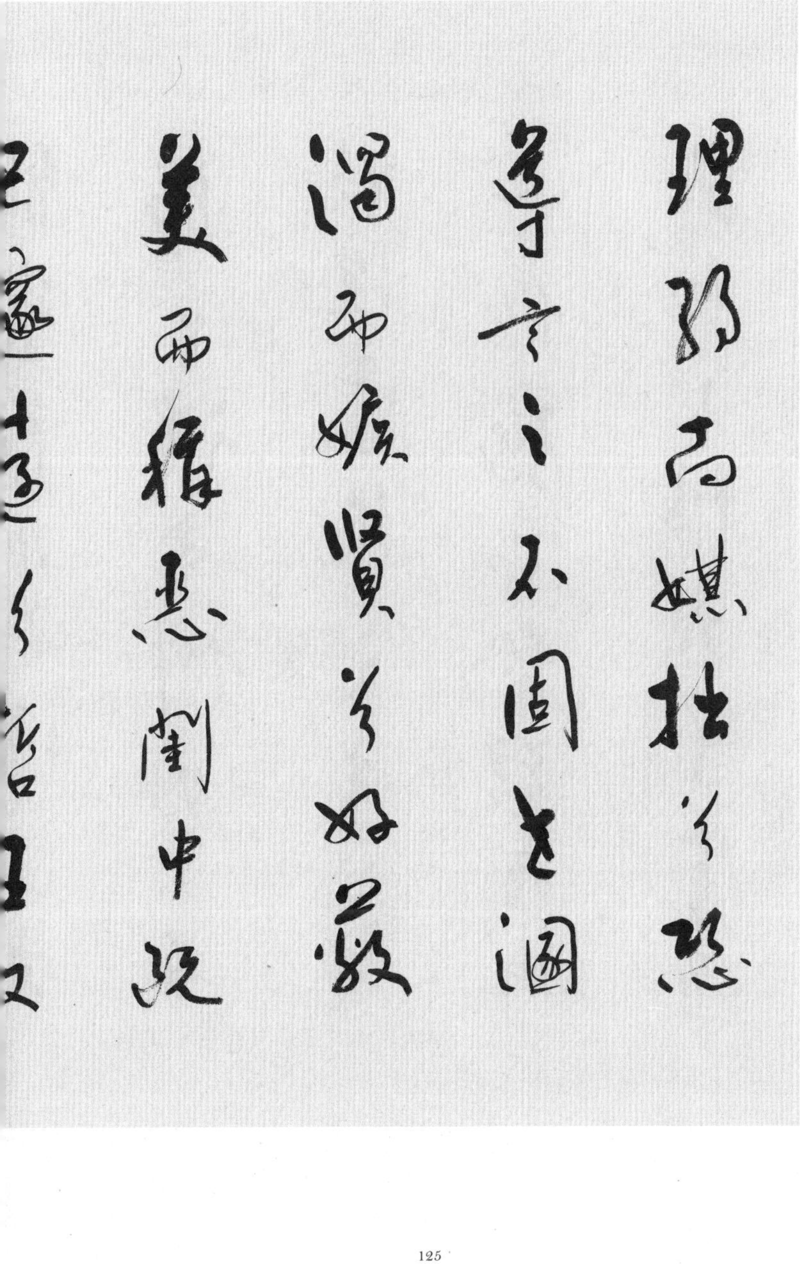

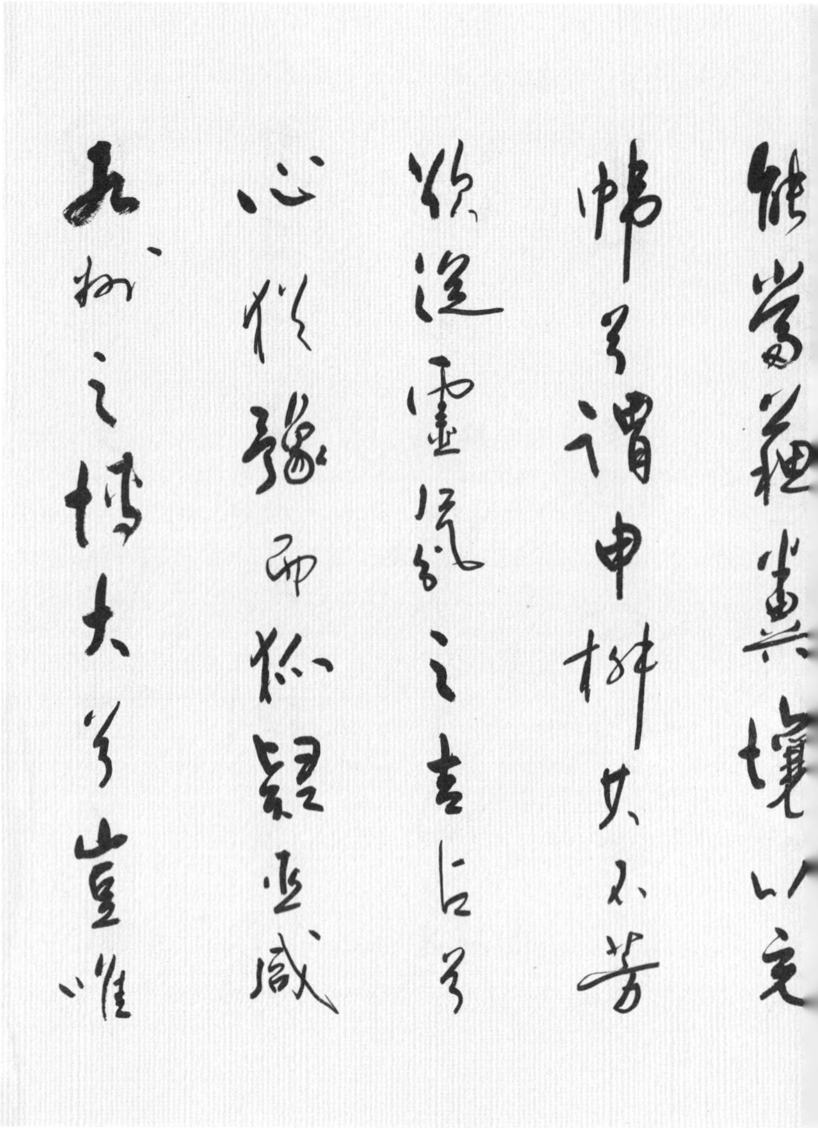
能當蘇糞壤以充
幃兮謂申椒其不芳
欲從靈氛之吉占兮
心猶豫而狐疑巫咸
九州之博大兮豈唯

恶其不同兮惟此党人
古索藑茅以筳篿
兮命灵氛为余占
之两美其必合兮
孰信修而慕之思

覽察草木其猶
未得兮豈珵美之
將夕降兮懷椒糈
而要之百神翳其備
降兮九疑繽其並

是其有以異乎眾也曰魁遠越

而孤疑乎熟求美而

釋如何所偶而無芳

其禍果戶服艾以盈

要之謂幽蘭其不可

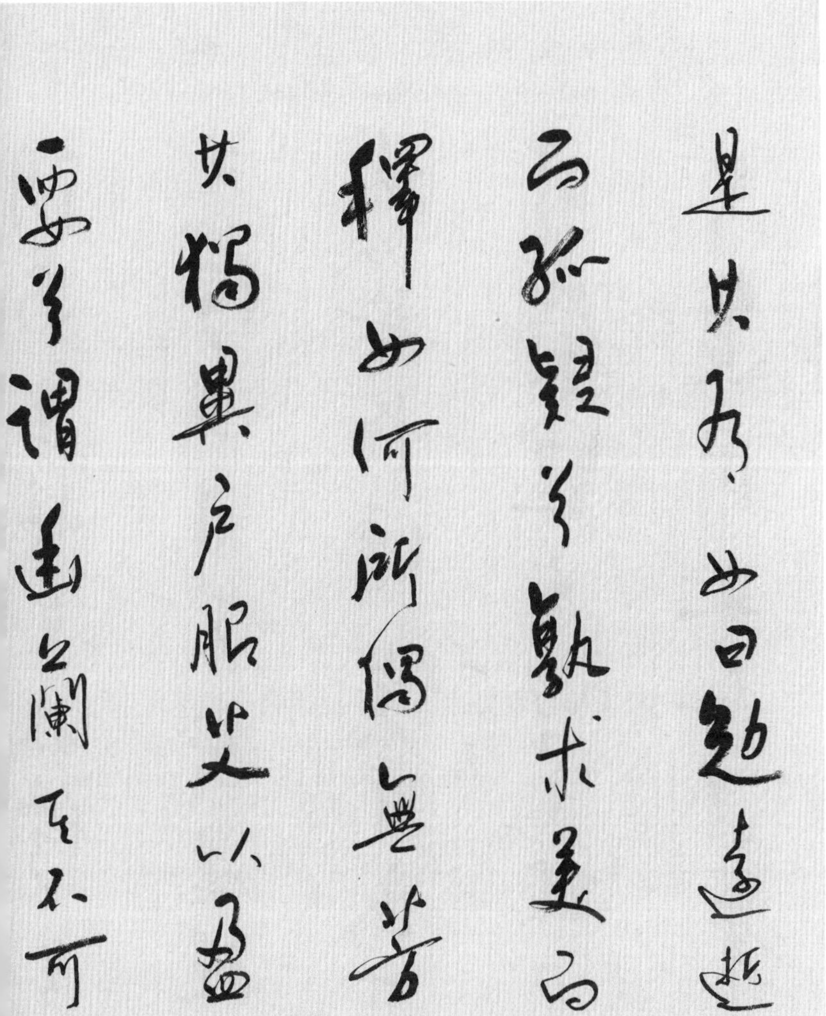

調苟中情其好修兮
又何必用夫行媒說
操築於傅巖兮武丁
用而不疑呂望之鼓刀
兮遭周文而得舉

迎。皇剡剡其揚靈兮，告余以吉故。曰：勉陞降以上下兮，求矩矱之所同。湯禹儼而求合兮，摯咎繇而能

兮何瓊佩之偃蹇
兮衆薆然而蔽之惟
此黨人不諒恐嫉妒
而折之時繽紛其變
易兮又何可以淹留

寧戚之謳歌兮齊桓
聞以該輔及年歲之
未晏兮時亦猶其未央
恐鵜鴂之先鳴兮
使夫百草為之不

余以蘭為可恃兮羌無
實而容長委厥美以
從俗兮苟得列乎眾
芳椒專佞以慢慆兮
樧又欲充夫佩幃既

蘭芷變而不芳兮荃
蕙化而為茅何昔日
之芳草兮今直為此
蕭艾也豈其有他故
兮莫好脩之害也余

惟然備之可貴之
妻嚴美而感然芳菲之
而難澀之必然至矣
從來私調度以自娛也
乃卿浮遊而求也

干進而務入兮又何芳
之能祗固時俗之流
從兮又孰能無變
化覽椒蘭其若茲
兮又況揭車與江離

余駕飛龍兮雜瑶象
以爲車何離心之可同
兮吾將遠逝以自疏
邅吾道夫崑崙兮
路修遠以周流揚雲

及余飾之方壯兮周
流觀乎上下靈氛既
告余以吉占兮歷吉日
乎吾將行折瓊枝以為
羞兮精瓊爢以為粻為

流沙兮遵赤水而容
與麾蛟龍使梁津
兮詔西皇使涉予路
修遠以多艱兮騰
衆車使徑待路不周

霓晻藹兮鳴玉鸞之啾啾朝發軔於天津兮夕余至乎西極鳳皇翼其承旂兮高翱翔之翼翼忽吾行此

兮神高馳之邈邈
奏九歌而舞韶兮
聊假日以偷樂陟
陞皇之赫戲兮忽臨
睨夫舊鄉僕夫悲

以左轉兮指西海以為
期屯余車其千乘兮
齊玉軑而並馳駕
八龍之蜿〻兮載雲
旗之委蛇抑志而節

物從藝感之所居

余秋雨

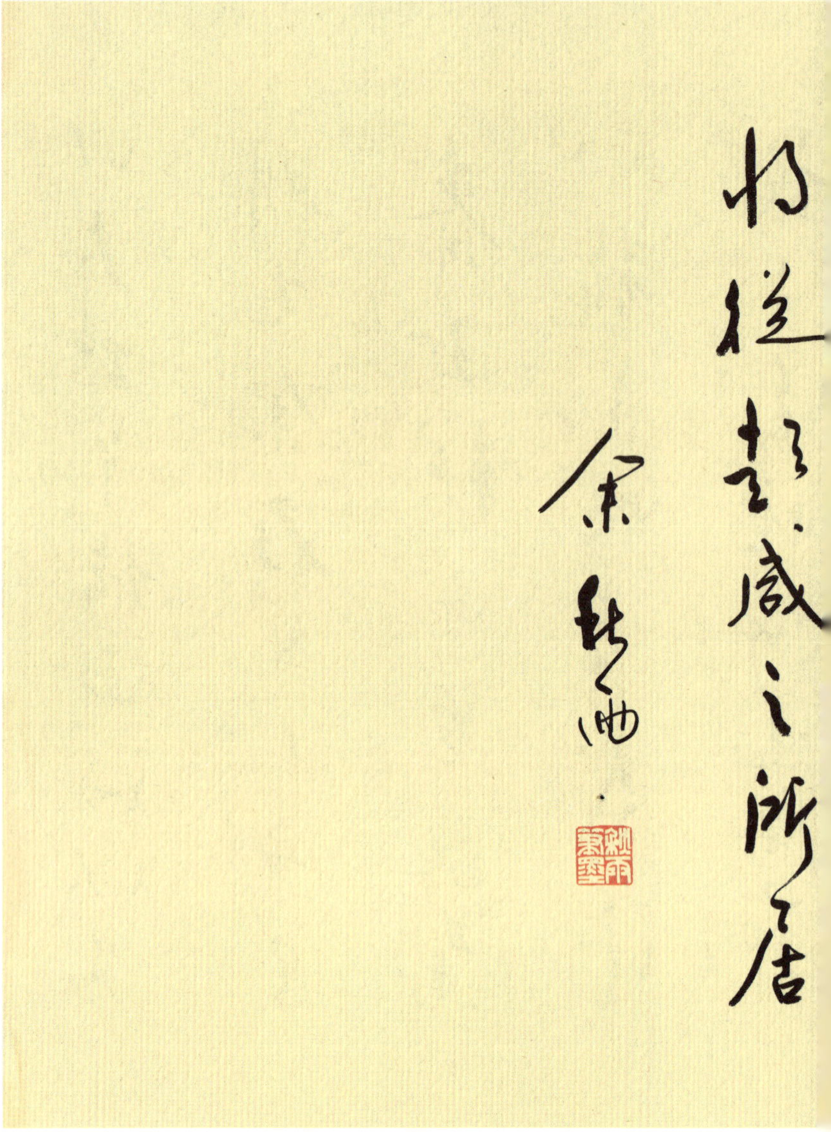

余馬懷兮蜷局顧而

不行亂曰已矣哉

國無人莫我知兮又

何懷乎故都既莫

足與為美政兮吾

庄子《逍遥游》

《逍遥游》今译

北海有鱼，叫鲲。鲲之大，不知有几千里。它化为鸟，就叫作鹏。鹏之背，也不知有几千里。奋起一飞，翅膀就像天际的云。这大鸟，飞向南海；那南海，就是天池。

《齐谐》这本记载怪异之事的书中说：“鹏鸟那次飞南海，以翅击水三千里，直上云霄九万里，一路浩荡六月风。”

大鹏从上往下看，只见野马般的雾气和尘埃相互吹息。天色如此青苍，不知是天的本色，还是因为深远至极而显现这种颜色？

积水不厚，就无力承载大舟。如果倒一杯水在堂下小洼，只能以芥草为舟；放上一个杯子就胶着不能动了，这是水浅而船大的缘故。同样，积风不厚，就无力承载巨翅。所以，大鹏在九万里之间都把风压在翅下，才凭风而飞，背负青天，无可阻挡，直指南方。

寒蝉和小鸠在一起讥笑大鹏：“我们也飞上去过嘛，穿越榆树和檀枝，飞不过去了就老老实实回到地面，何必南飞九万里？”

是啊，如去郊游，只要带三餐就饱；如出百里，就要舂一宿之米；如走千里，就要聚三月之粮。这个道理，那两个小虫小鸟怎么能懂？

小智不懂大智，短暂不知长久。你看，朝菌活不过几天，寒蝉活不过几月，这就叫短暂。但是，楚国南部有一只大龟叫冥灵，把五百年当作一个春季，再把五百年当作一个秋季；古代那棵大椿树就更厉害了，把八千年当作一个春季，再把八千年当作一个秋季。这就叫长久，或者说长寿。最长寿的名人是彭祖，众人老想跟他比，那不是很悲哀？

商汤和他的贤臣棘，同样在谈论鲲鹏和小鸟的话题。他们也这样说："极荒之北有大海天池，那里有鱼叫鲲，宽几千里，长不可知；有鸟叫鹏，背如泰山，翅如天云，扶摇直上九万里，超云雾，背青天，去南海。但是，水塘里的小雀却讥笑起来：'它要去哪里？像我，也能腾跃而上，飞不过数仞便下来，在草丛间盘旋。所谓飞翔，也不过如此吧，它还想去哪里？'"

这就是大小之别。

且看周围那些人，既有做官的本事，又有乡间的名声，既有君主的认可，又有征召的信任，他们对自己的看法，大概也像小雀这样的吧？难怪，智者宋荣子要嘲笑他们。

宋荣子这样的人就不同了。举世赞誉他，他也不会来劲；举世非难他，他也不会沮丧。他觉得，人生在世，分得清内外，认得清荣辱，也就可以了，何必急于求成。

但是，即使像宋荣子这样，也还没有树立人生标杆。请看那个列子，出门总是乘风而行，轻松愉快，来回半个月路程。对于求福，从不热切。然而，列子也有弱点，他尽管已经不必步行，却还是需要有所凭借，譬如风。

如果有人，能够乘着天地之道，应顺自然变化，遨游无穷之境，那么，他还会需要凭借什么呢？

因此，结论是——

至人不需要守己；

神人不需要功绩；

圣人不需要名声。

尧帝要把天下让给许由，对他说："日月都出来了，火炬还没有熄灭，那光，不就难堪了吗？大雨就要下了，灌溉还在进行，那水，不就徒劳了吗？先生出来，天下大治，如果我还空居其位，连自己也觉得不对。那就请容我，把天下交给你。"

许由回答道："你治天下，天下已治。我如果来替代你，为了什么？难道为名？那么，名是什么？名、实之间，实为主人，名为随从。莫非，我要做一个无主的随从？要说名，你看鹪鹩，名为筑巢深林，其实只占了一枝；再看偃鼠，名为饮水河上，其实只喝了一肚。"

"请回去休息吧，君王。我对天下无所用，"许由说，"厨子不想下厨了，也不能让祭祀越位去代替啊。"

那天，一个叫肩吾的人告诉友人连叔："我最近听了一次接舆先生的谈话，实在是大而无当，口无遮拦。他说得那么遥而无极，非常离谱，不合世情，我听起来有点惊恐。”

“他说了什么？”连叔问。

“他说：‘在遥远的姑射山上住着一位神人。肌肤如冰雪，风姿如处女，不食五谷，吸风饮露，乘云气，驾飞龙，游四海之外。还说那神人只要把元神凝聚，就能祛灾而丰收。’”肩吾说：“我觉得他这话，虚妄不可信。”

连叔一听，知道了肩吾的障碍，便说：“是啊，盲人无以欣赏文采，聋者无以倾听钟鼓。岂止形体有盲聋，智力也是一样。我这话，是在说你呢！”

连叔继续说下去：“那样的神人，那样的品貌，已与万物合一。世上太多纷扰，而他又怎么会在乎天下之事？那样的神人，什么东西也伤不着他，滔天洪水也淹不了他，金熔山焦也热不了他。即便是他留下的尘垢秕糠，也能造成尧舜功业。他，怎么会把世间物理当一回事？”

宋人要到越国卖帽子，但是越人剪过头发文过身，用不着。

尧帝管理过了天下之民，治理过了天下之政，也已经用不着什么“帽子”。他到汾水北岸去见姑射山上的四位高士，恍惚间，把自己所拥有的天下权位，也给忘了。

惠施对庄子说：“魏王送给我大葫芦的种子，我种出来一看，容量可装五石。拿去盛水，却又怕它不够坚牢。剖开为瓢，还是太大，不知道能舀什么。你看，要说大，这东西够大，因为没用，只好砸了。”

庄子说：“先生确实不善于用大。宋国有一家人，祖传一种防皴护手药，便世世代代从事漂洗。有人愿出百金买这个药方，这家就聚集在一起商议，说我们世代漂洗，所得不过数金，今天一下子就卖得百金，那就卖吧。那个买下药方的人，把这事告诉了吴王。正好越国发难，吴王就派他率部，在冬天与越人水战，因为有了那个防皴药方，使越军大败，吴王就割地封赏他。你看，同是一个药方，用大了可以凭它获得封赏，用小了只能借它从事漂洗，这就是大用、小用之别。现在你既然有了五石大葫芦，为什么不来一个大用，做成一个腰舟挂在身上，去浮游江湖？如果老是担忧它没有用，心思就被蓬草缠住了。”

惠施还是没有明白，对庄子说：“我有一棵大树，人家叫它樗，树干臃肿而不合绳墨，小枝卷曲而不中规矩，实在无用，长在路旁，木匠一看便转身离去。刚才先生的话，听起来也是大而无用，恐怕众人也会转身离去。”

庄子进一步劝说惠施：“无用？有用？你难道没见过野猫和黄鼠狼吗？它们多么能干，既可以躬身埋伏，等候猎物；又可以东西跳梁，不避高下。结果，陷于机关，死于网猎。”

“要说实用，连身大如云的牦牛，虽可大用，却逮不着老鼠。”庄子又加了一句。

“今天你拥有一棵大树，却在苦恼它无用！”庄子继续说：“能不能换一种用法？例如把它移栽到无边无际的旷野里，你可以毫无牵挂地徘徊在它身边，可以逍遥自在地躺卧在它脚下。刀斧砍不着它，什么也害不了它。它确实无用，却为何困苦？”

《逍遥游》书法

若垂天之雲是鳥
也海運則將徙於
南冥南冥者天池
也齊諧者志怪
者也諧之言曰鵬之

北冥有魚其名為
鯤鯤之大不知其幾千
里也化而為鳥其名為
鵬鵬之背不知其幾千
里也怒而飛其翼

吹也天之蒼蒼其正
色邪其遠而無所
至極邪其視下也亦
若是則已矣且夫
水之積也不厚則

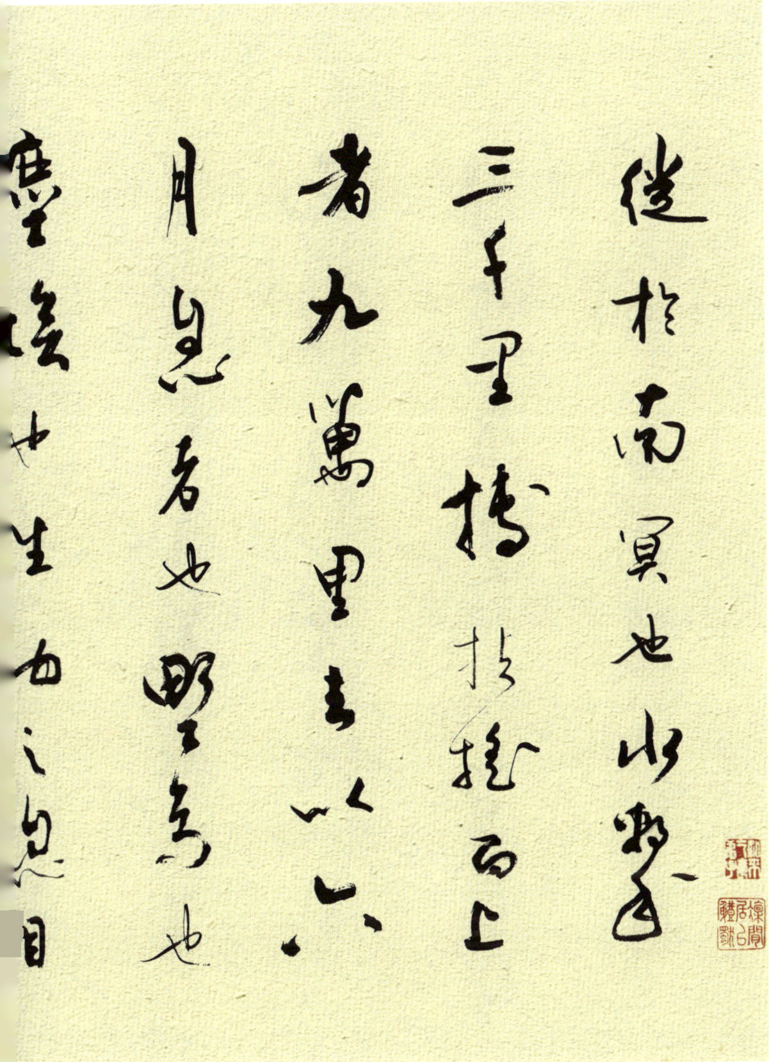
徙於南冥也水擊
三千里摶扶搖而上
者九萬里去以六
月息者也野馬也
塵埃也生物之以息相

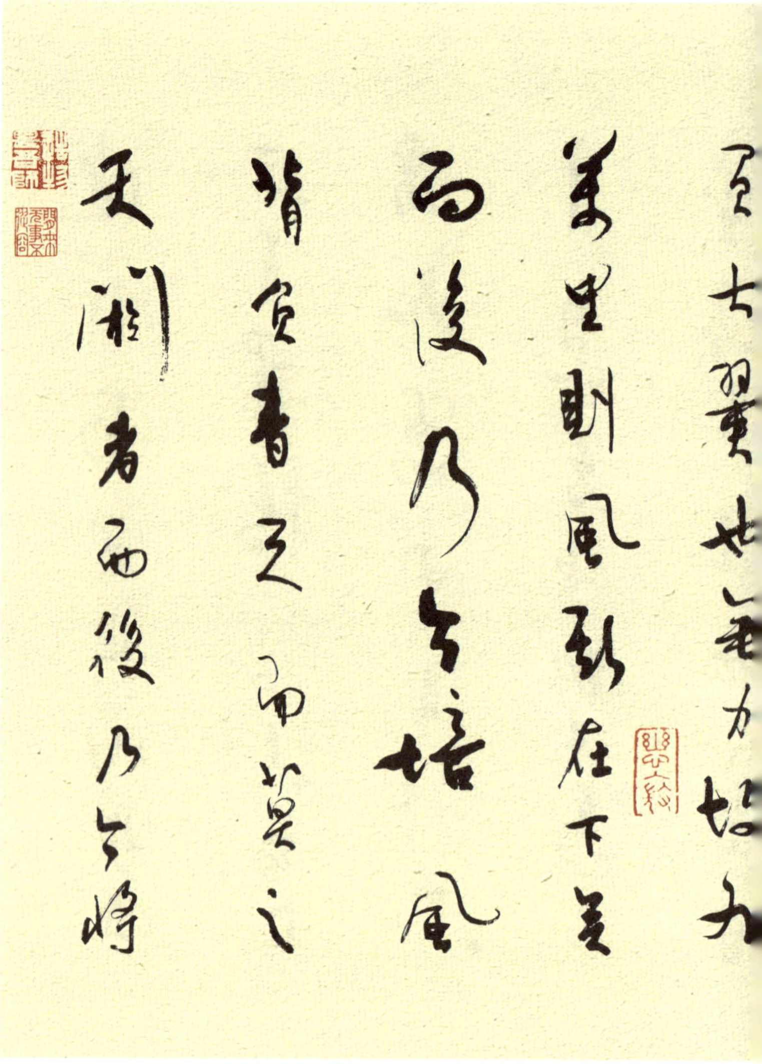
負大翼也無力故九
萬里則風斯在下矣
而後乃今培風
背負青天而莫之
夭閼者而後乃今將

其負大舟也無力覆
杯水於堂坳之上則
芥為之舟置杯焉
則膠水淺而舟大也風
之積也不厚則其

適莽蒼者三飡而
反腹猶果然適百
里者宿舂糧適千
里者三月聚糧之二
蟲又何知小知不及

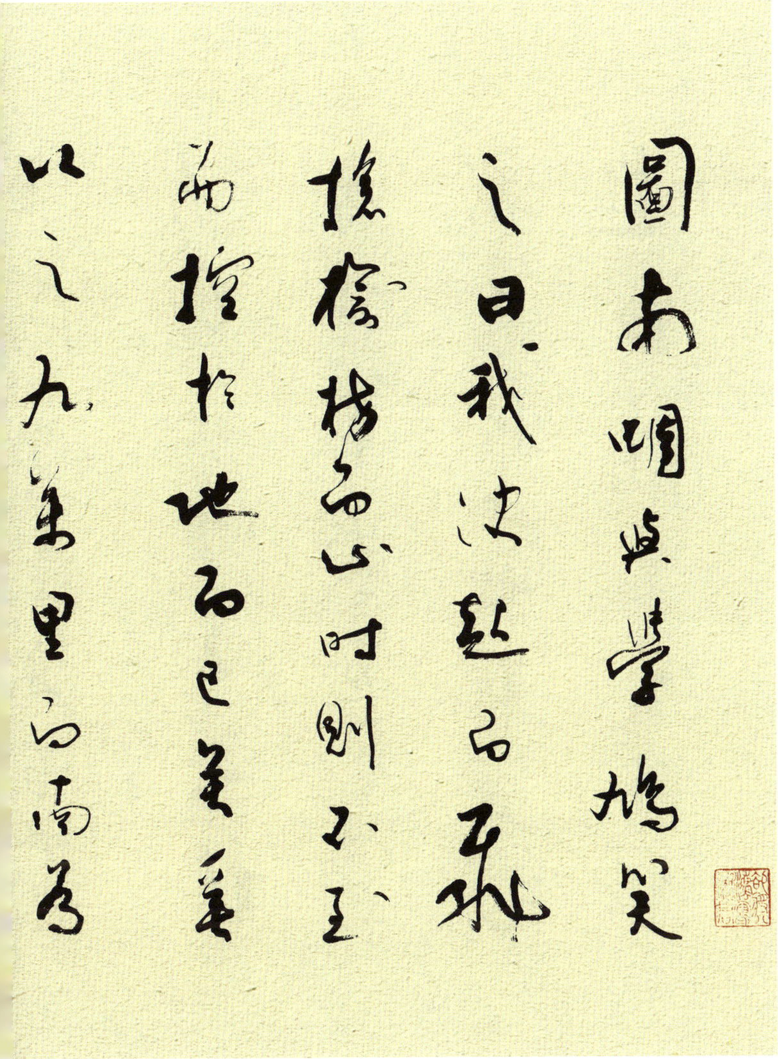
圖南蜩與學鳩笑
之曰我決起而飛
搶榆枋而止時則不至
而控於地而已矣奚
以之九萬里而南為

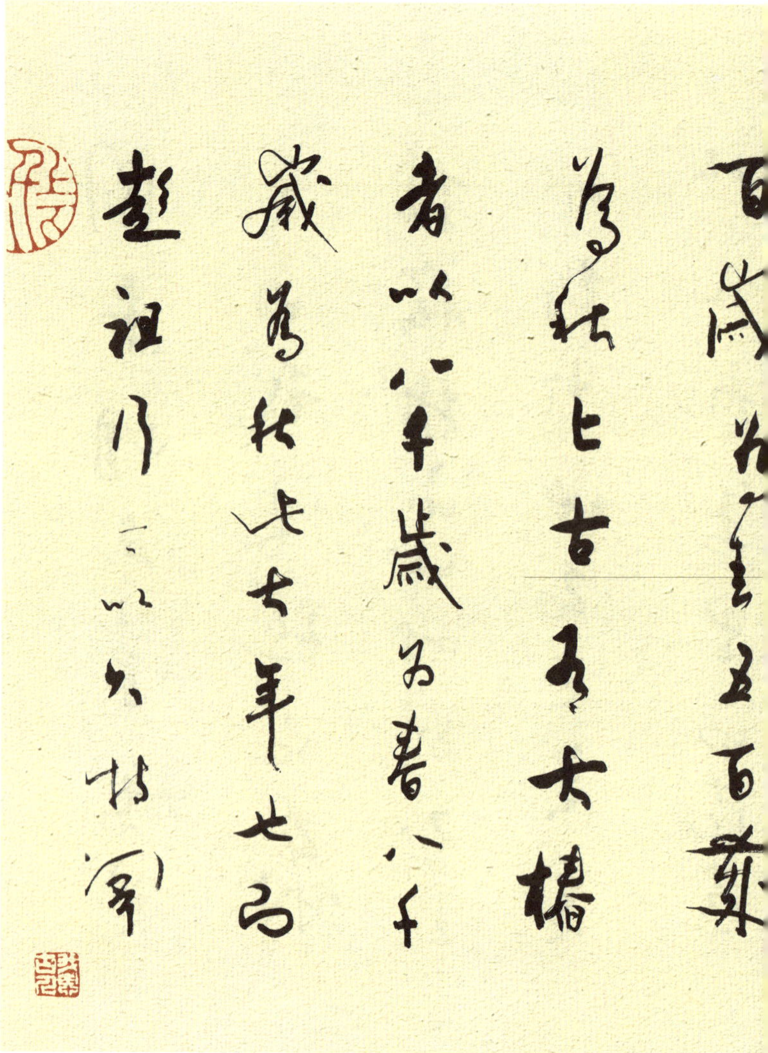
百歲為春五百歲
為秋上古有大椿
者以八千歲為春八千
歲為秋此大年也
彭祖乃今以久特聞

大知小年不及大年
奚以知其然也朝菌
不知晦朔蟪蛄不知
春秋此小年也楚之
南有冥靈者以五

冥海者天池也有魚
焉其廣數千里未
有知其脩者其名為
鯤有鳥焉其名為鵬
背若太山翼若垂天

衆人匹之不亦悲乎
湯之問棘也是已
問棘曰上下四方有
極乎棘曰無極之外復
無極也窮髮之北有

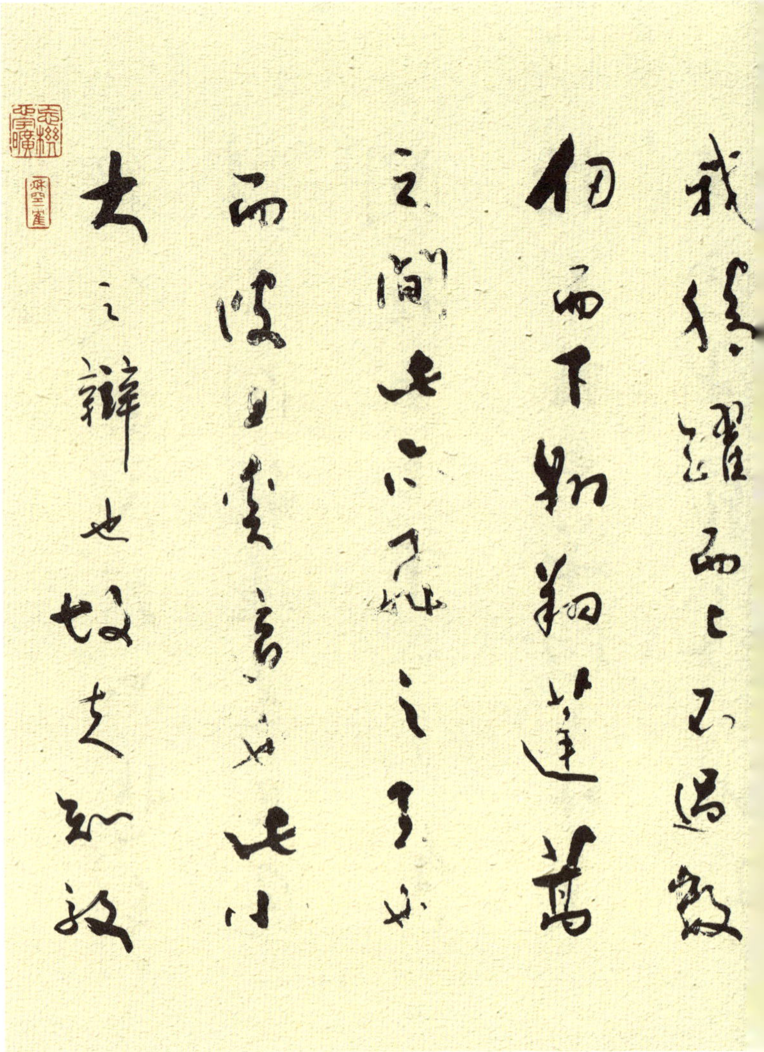
我騰躍而上不過數
仞而下翱翔蓬蒿
之間此亦飛之至也
而彼且奚適也此小
大之辯也故夫知效

之雲摶扶搖羊角而
上者九萬里絕雲
氣負青天然後圖南
且適南冥也斥鴳
笑之曰彼且奚適也

加勸舉世非之而
不加沮定乎內外之
分辯乎榮辱之境斯
已矣彼其於世未數數
然也雖然猶有未

一官行比一鄉德
合一君徵一國者其
自視也亦若此矣而
宋榮子猶然笑之
且舉世而譽之而不

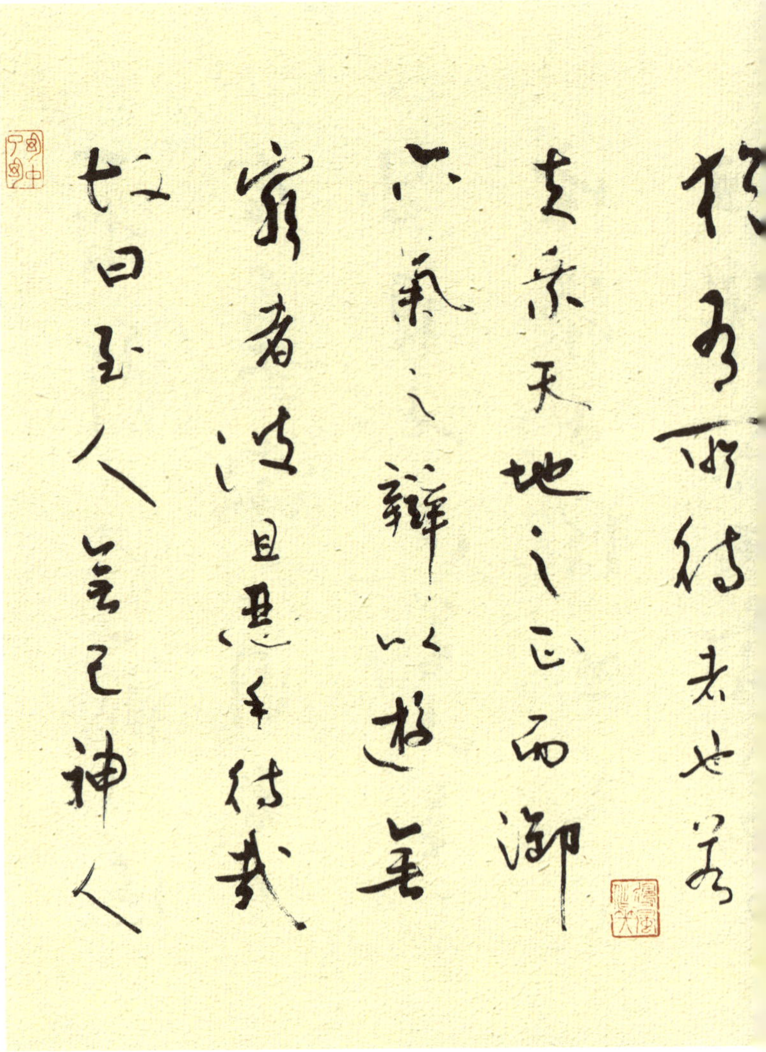
猶有所待者也若
夫乘天地之正而御
六氣之辯以遊無
窮者彼且惡乎待哉
故曰至人無己神人

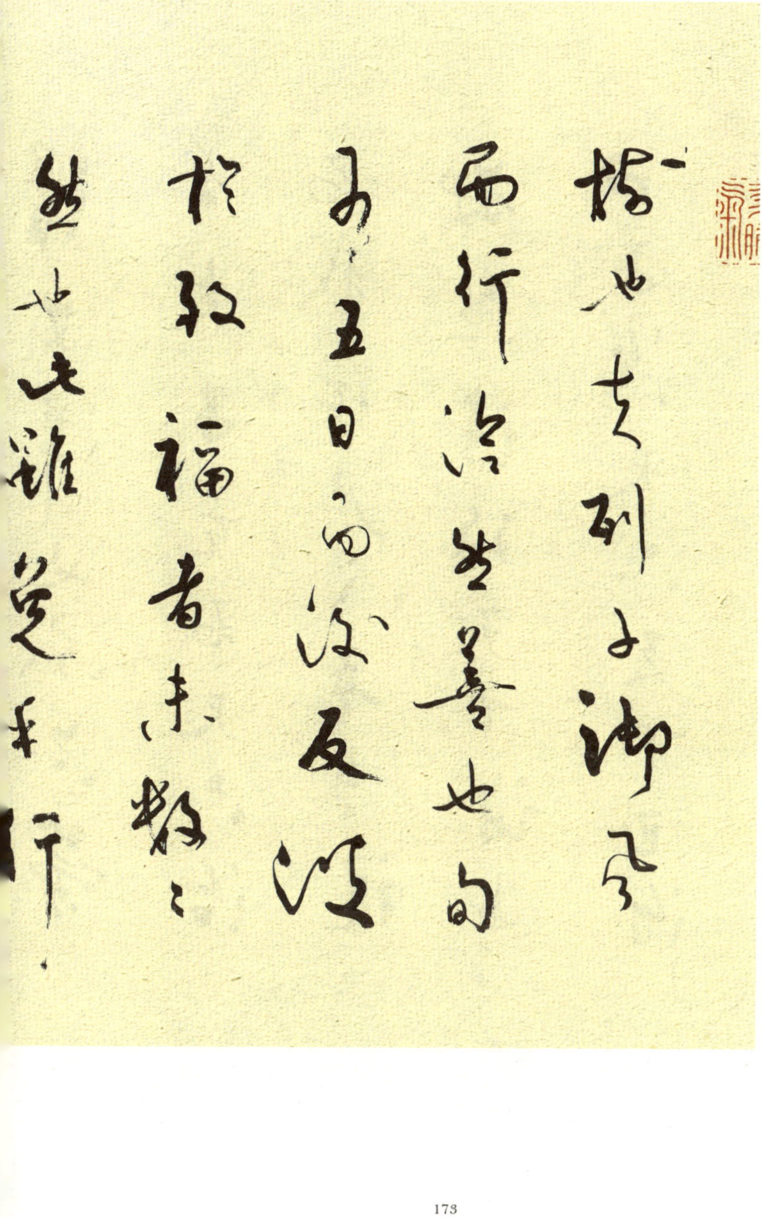
樹也夫列子御風
而行泠然善也旬
有五日而後反
彼於致福者未數數
然也此雖免乎行

灌其澤也不亦勞
乎夫子立而天下治
而我猶尸之吾自視
缺然請致天下許由
曰子治天下既下已治

無功聖人無名堯
讓天下於許由曰日
月出矣而爝火不息
其於光也不亦難乎
時雨降矣而猶浸

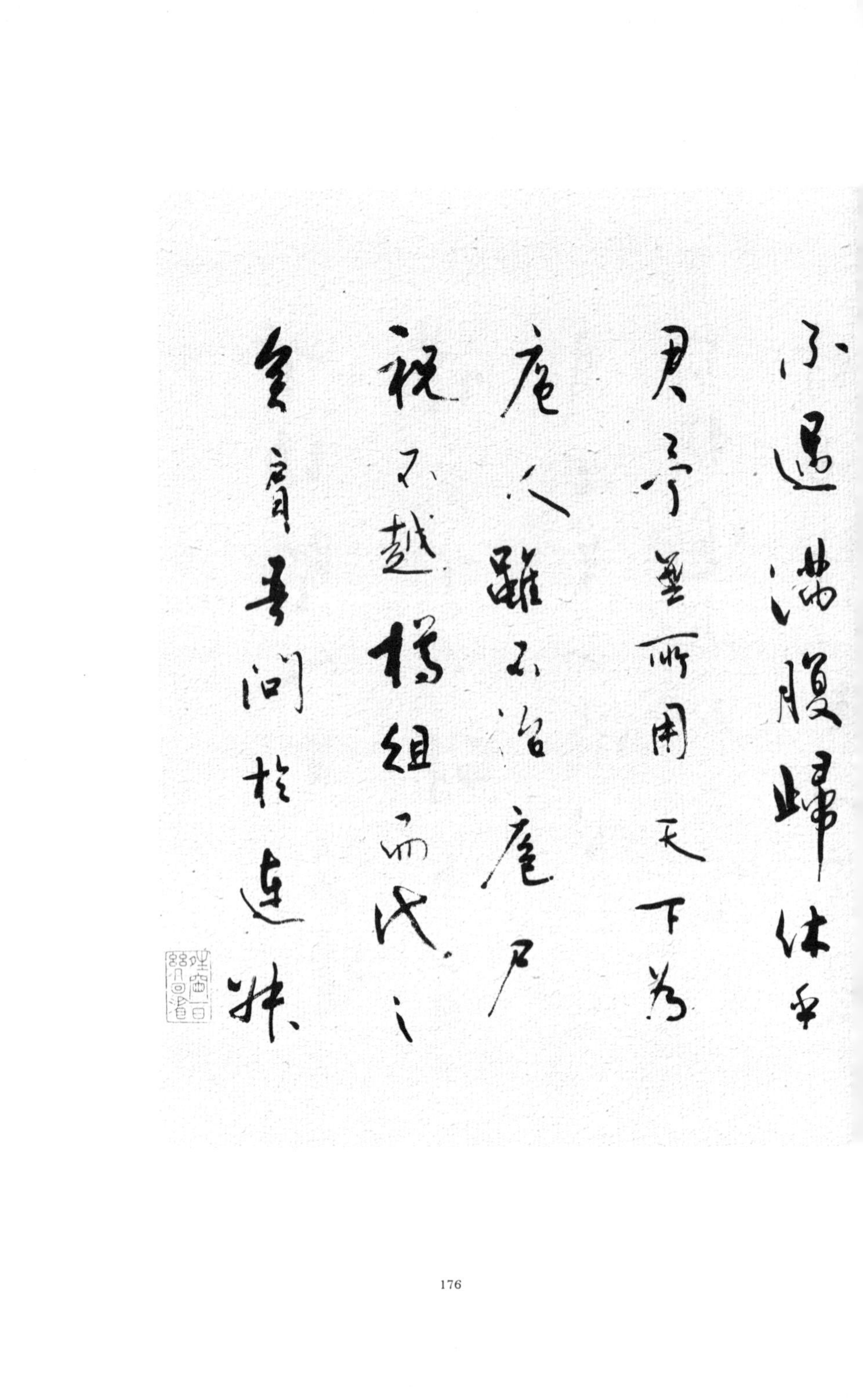

不過滿腹歸休乎君予無所用天下為庖人雖不治庖尸祝不越樽俎而代之矣肩吾問於連叔

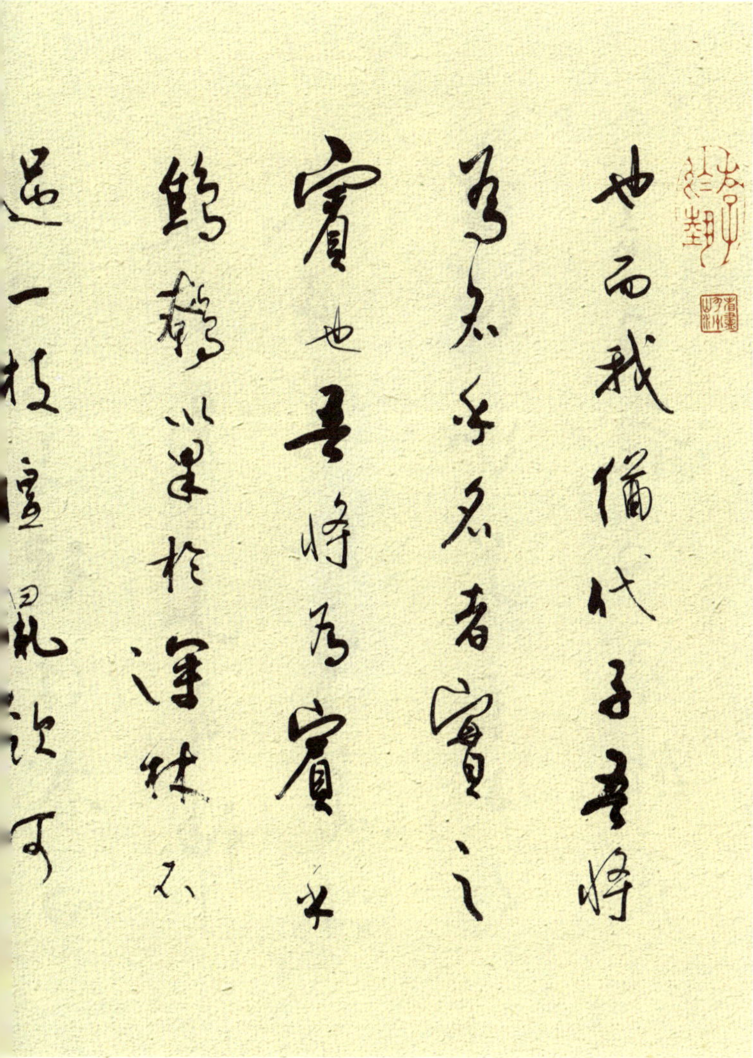
也而我猶代子吾將
爲名乎名者實之
賓也吾將爲賓乎
鷦鷯巢於深林不
過一枝偃鼠飲河

叔曰其言謂何哉曰

藐姑射之山有神

人居焉肌膚若冰

雪綽約若處子不

食五穀吸風飲露

曰吾聞言於接輿
大而無當往而不返
吾驚怖其言猶河
漢而無極也大有逕
庭不近人情焉

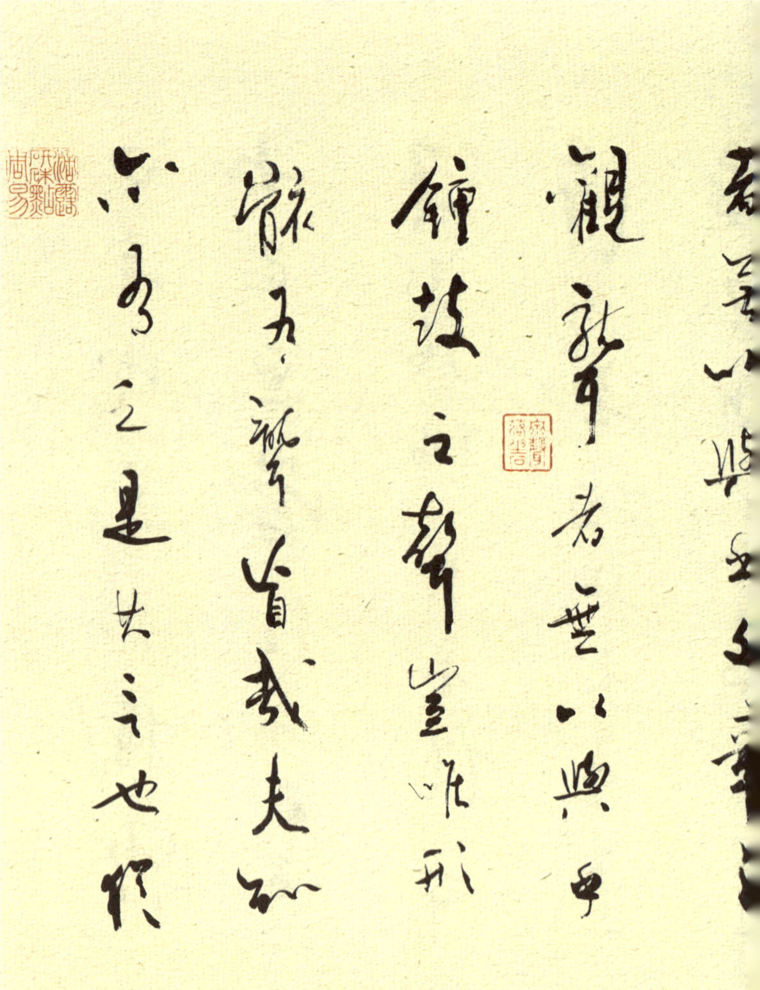
者無以與乎文章之
觀聾者無以與乎
鐘鼓之聲豈唯形
骸有聾盲哉夫知
亦有之是其言也猶

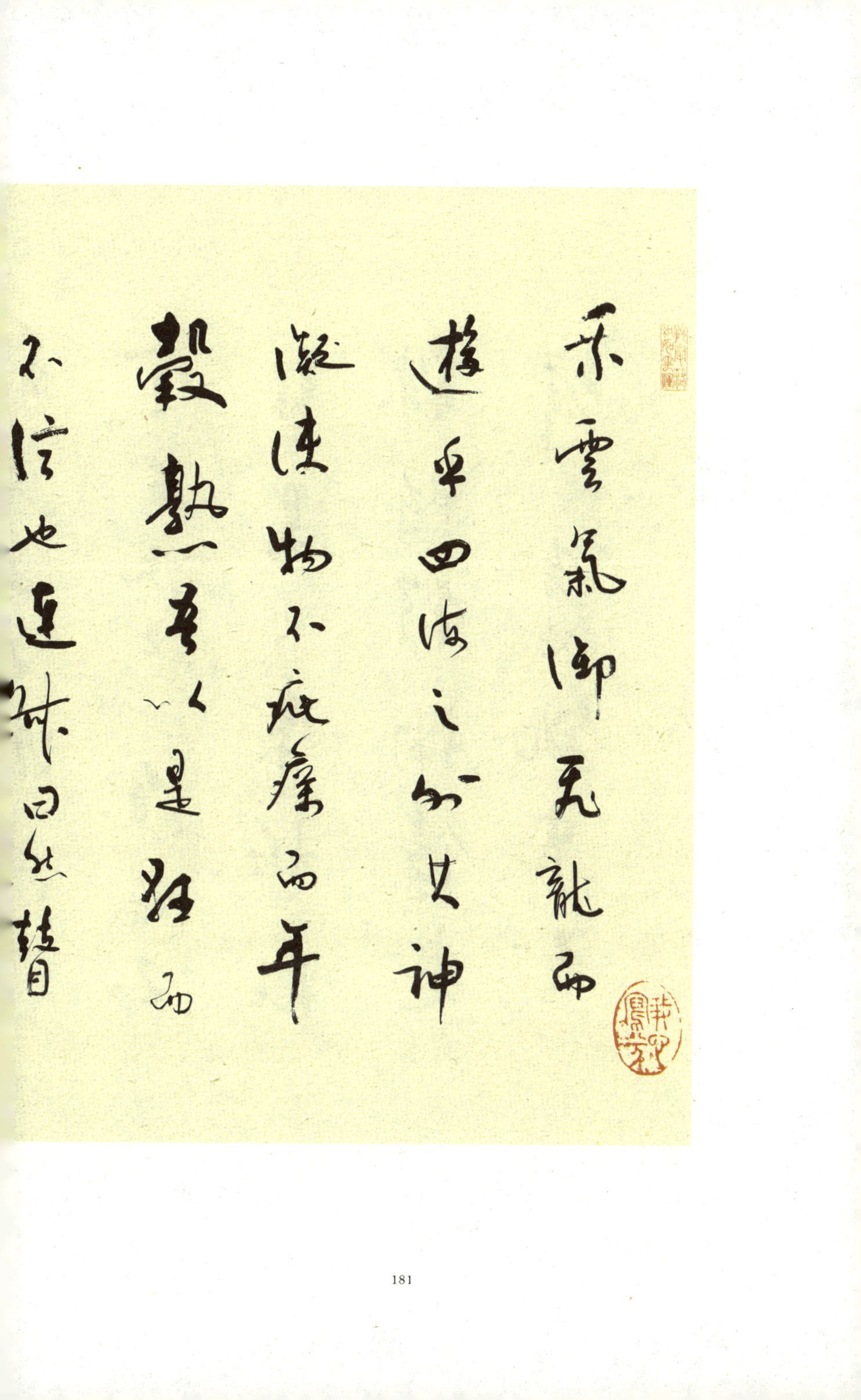

乘雲氣御飛龍而
遊乎四海之外其神
凝使物不疵癘而年
穀熟吾以是狂而
不信也連叔曰然瞽

其天下滋大王

金石淚土山真而不

乱是其廬拓批

練將於陶鑄走

舞者也執肖气

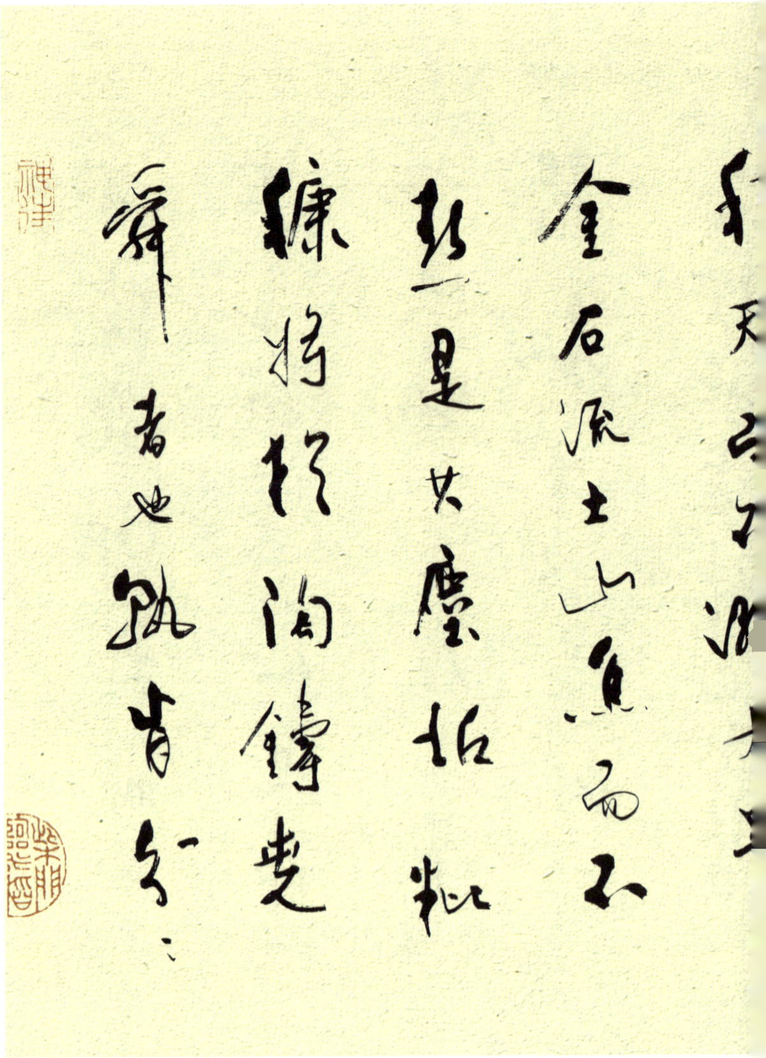

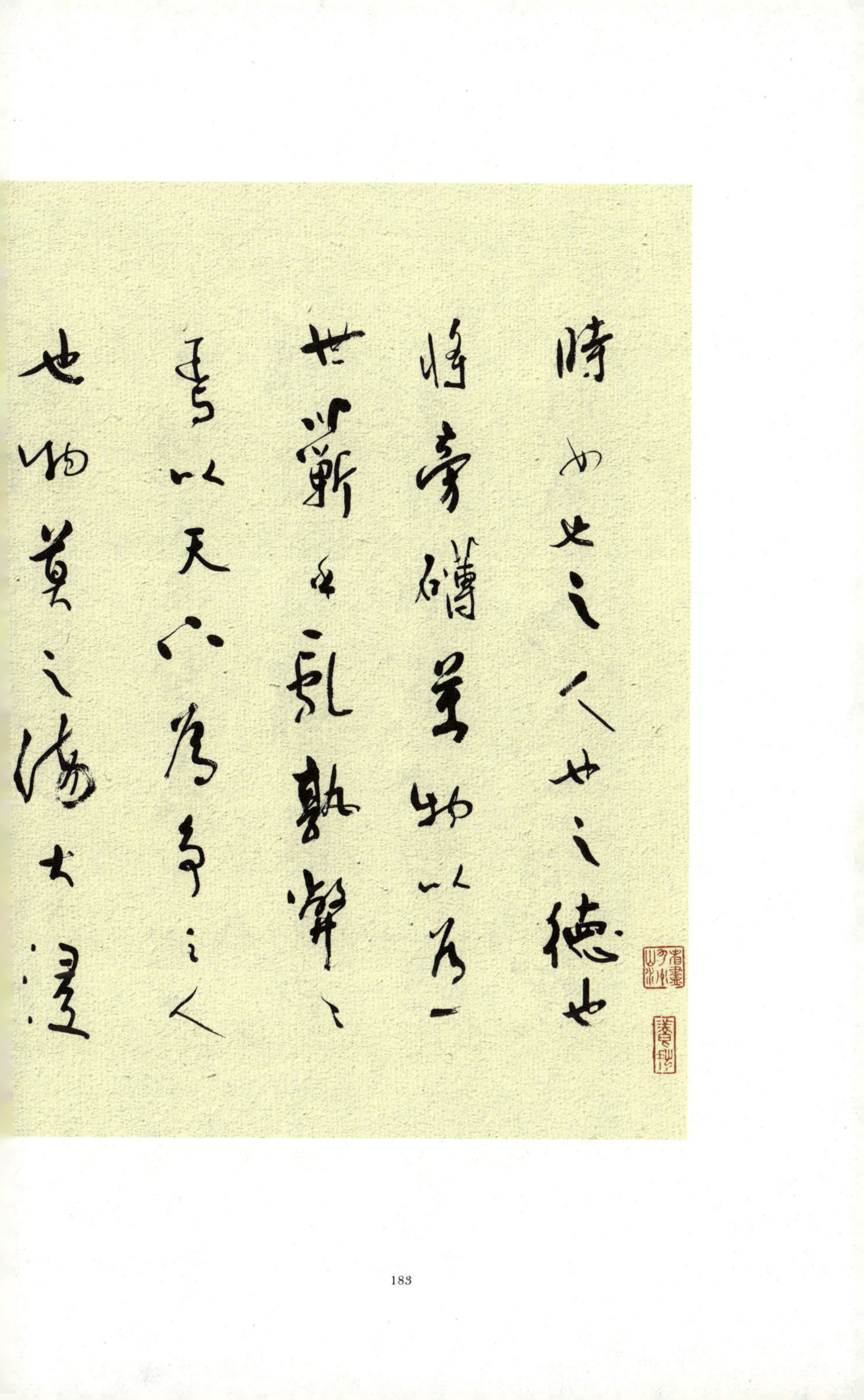

時女也之人也之德也
將旁礴萬物以為一
世蘄乎亂孰弊弊
焉以天下為事之人
也物莫之傷大浸

藐姑射之山汾水
之陽窅然喪其天下
焉惠子謂莊子曰
魏王貽我大瓠之
種我樹之成而實

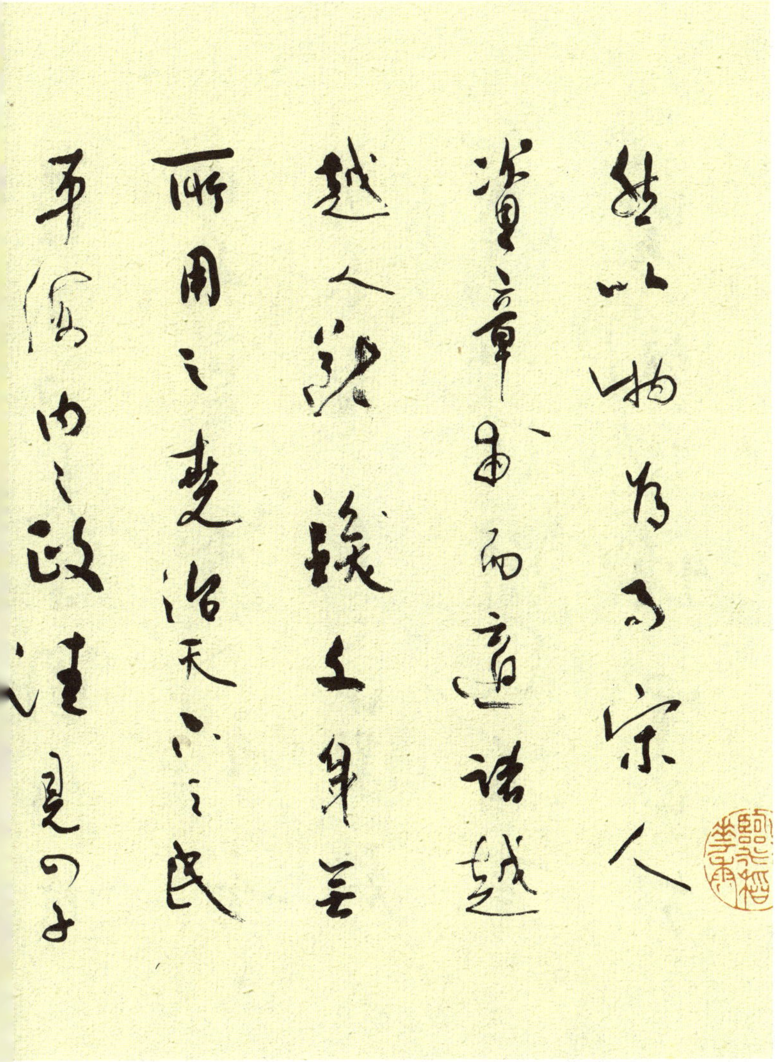
孰以物爲事宋人
資章甫而適諸越
越人斷髮文身無
所用之堯治天下之民
平海內之政往見四子

莊子曰夫子固拙於
用大矣宋人有善
為不龜手之藥者
世世以洴澼絖為事
客聞之請買其方

五石以盛水漿其堅
不能自舉也剖之以
為瓢則瓠落無
所容非不呺然大也
吾為其無用而掊之

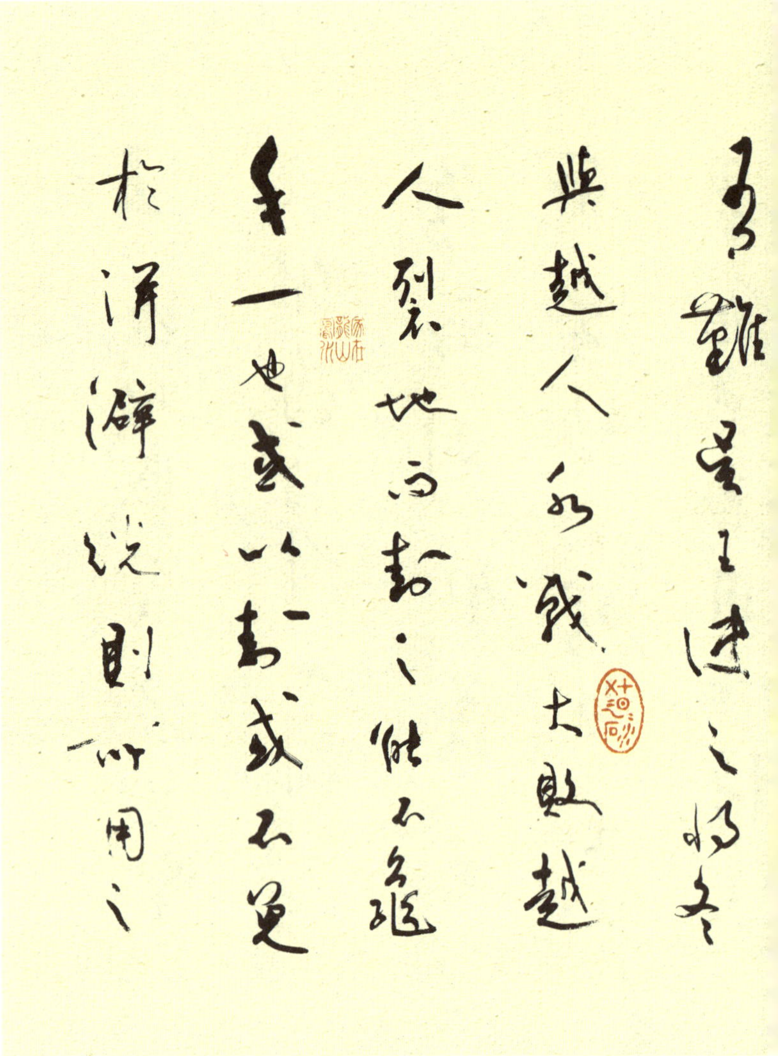
有難吳王使之將冬
與越人水戰大敗越
人裂地而封之能不龜
手一也或以封或不免
於洴澼絖則所用之

以百金聚族而謀曰

我世世為洴澼絖不

過數金今一朝而鬻

技百金請與之客

得之以說吳王越

子曰吾有大樹人謂之樗其大本擁腫而不中繩墨其小枝卷曲而不中規矩立之塗匠者不顧今子之言大

異也今子有五石之瓠
何不慮為大樽而浮
乎江湖而憂其瓠落
無所容則夫子猶有
蓬之心也夫惠子謂莊

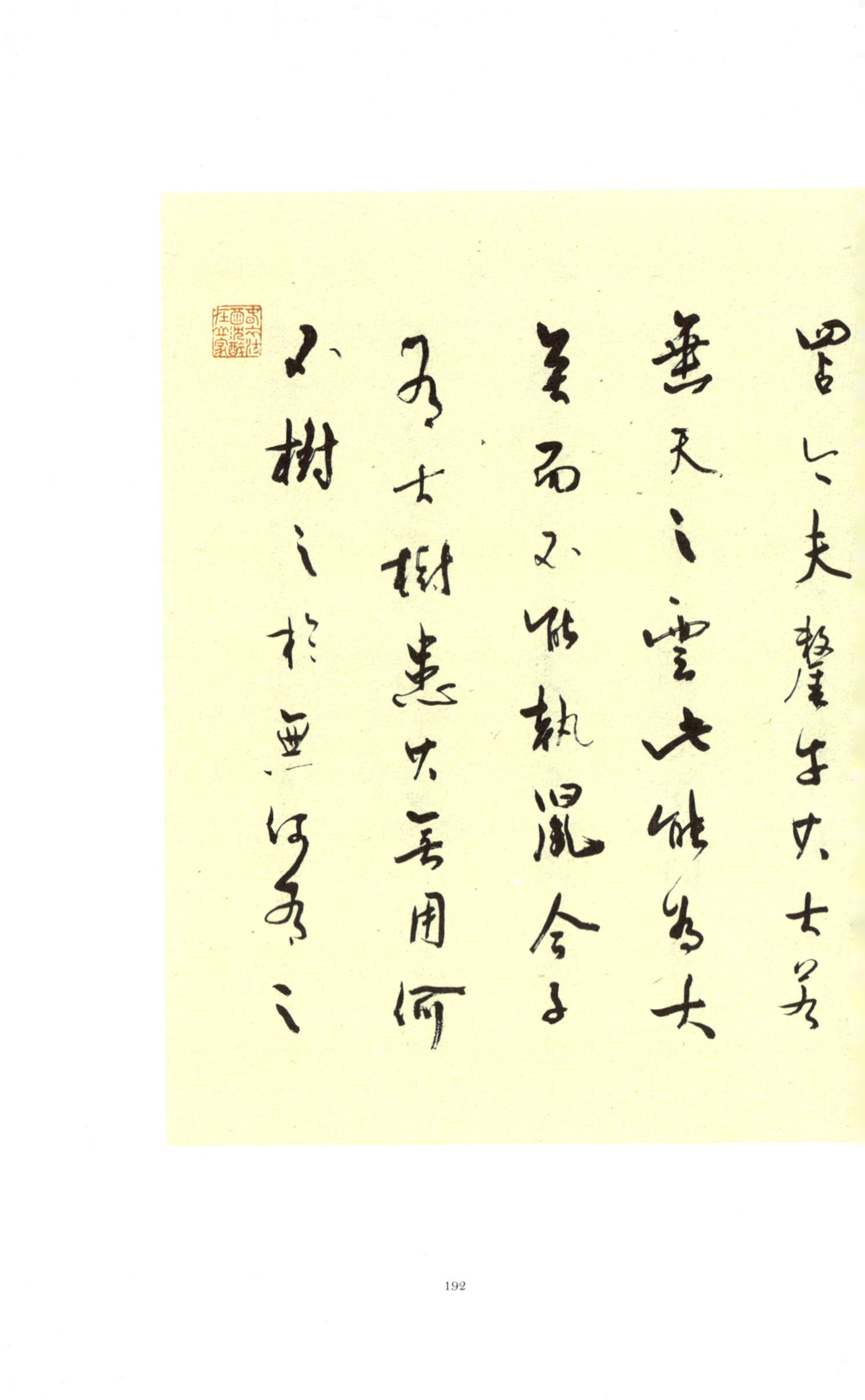

罟。今夫斄牛，其大若
垂天之云。此能为大
矣，而不能执鼠。今子
有大树，患其无用，何
不树之于无何有之

而無用衆所同去也莊
子曰子獨不見貍狌
乎卑身而伏以候敖
者東西跳梁不辟高
下中於機辟死於罔

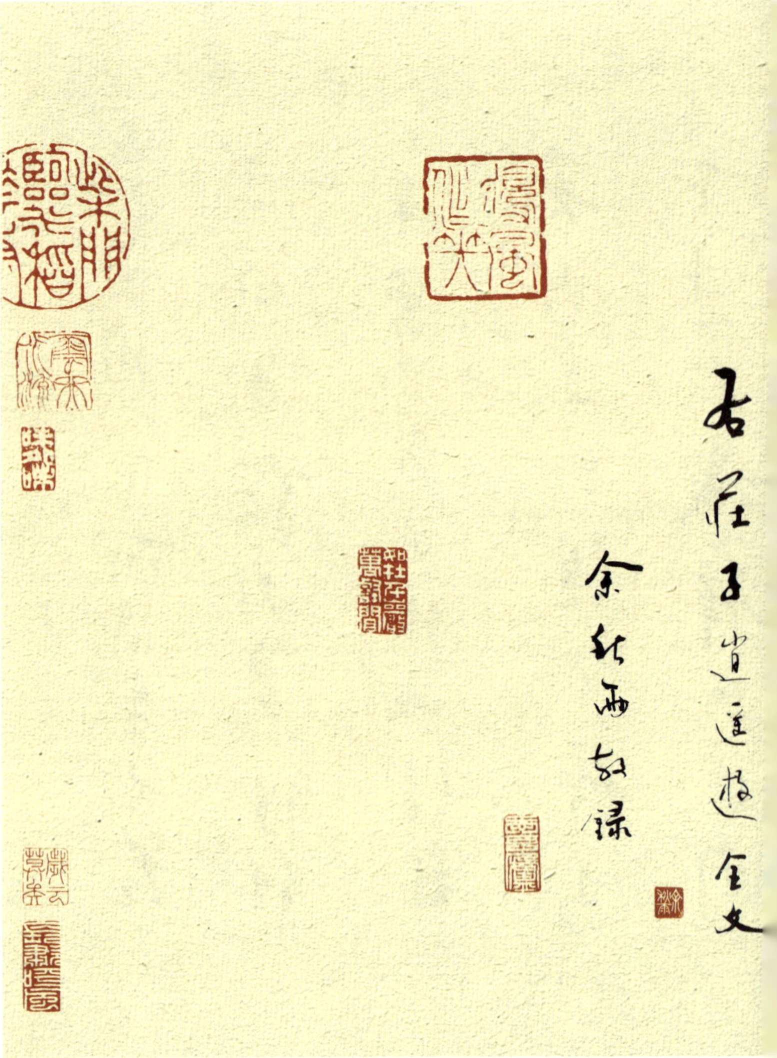
右莊子逍遥遊全文
余秋雨敬録

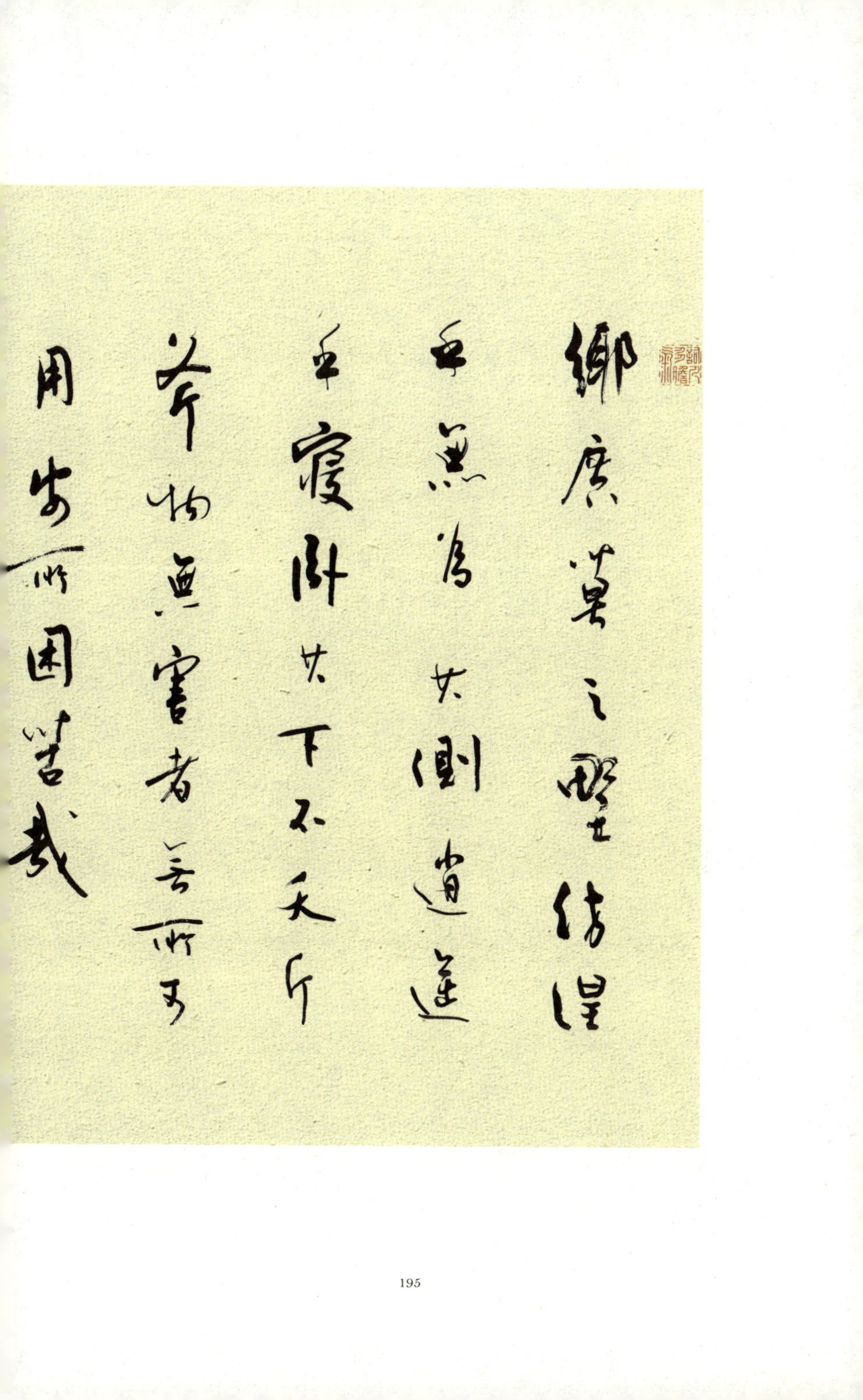

鄉廣莫之野彷徨
乎無爲其側逍遙
乎寢卧其下不夭斤
斧物無害者无所可
用安所困苦哉

苏轼前《赤壁赋》

前《赤壁赋》今译

壬戌年的那个秋天，七月十六日，我和客人坐船，到赤壁下面游玩。

在风平浪静之间，我向客人举起酒杯，朗诵《明月》之诗，吟唱《窈窕》之章。不一会儿，月亮从东山升起，徘徊于东南星辰之间。白雾横罩江面，水光连接苍穹，我们的船恰如一片芦叶，浮越于万顷空间。眼前是那么开阔，像是要飞到天上，不知停在哪里；身子是那么轻飘，像是要遗弃人世，长了翅膀而成仙。

于是我们快乐地喝酒，拍着船舷唱起了歌。歌中唱道：

桂树为橹，兰木作桨。

橹划空明，桨拨流光。

我的怀念，渺渺茫茫。

心中美人，天各一方。

有一位客人吹起了洞箫，为歌声伴奏。那呜呜咽咽的声音，像是怨恨，又像是爱慕；像是哭泣，又像是诉说。余音宛转而悠长，就像一缕怎么也拉不断的丝线，简直能让深壑里的蛟龙舞动，能让孤舟里的独女哀泣。

我心中顿觉凄楚，便端正了一下自己的姿态，问那位吹箫的客人：“为什么吹成这样？”

那位客人说：“月明星稀，乌鹊南飞——这不是曹操的诗句吗？想当年，不也是这个地方，西对夏口，东对鄂州，山环水复，草木苍翠，曹操被周瑜所困？那时候，他刚刚攻下荆州，拿下江陵，顺流东下，战船延绵千里，旌旗遮天蔽日，对着大江饮酒，横握长矛吟诗，真可谓是一代豪杰啊，然而，他今天在哪里？”

“那就更不必说你我之辈了：捕鱼打柴为生，鱼虾麋鹿做伴，驾着小船出没，捧着葫芦喝酒，既像昆虫寄世，又像小米漂海，哀叹生命短暂，羡慕长江无穷。当然我也想与仙人一样遨游，与月亮一起长存，但明知都得不到，只能把悲伤吐给秋风。”

我听完，就对这位客人说：“你也应该知道水和月的玄机吧。这水，看似日夜流走，其实一直存在；这月，看似时圆时缺，其实没有增减。从变化的角度看，天地之间瞬刻不同；但从不变的角度看，万物和我们都可以永恒，那又有什么好羡慕的呢？”

“何况，天地万物各有所属，如果不是我们的，分毫都不该占取。只有江上的清风，山间的明月，经由我们的耳朵而成为声音，经由我们的眼睛而成为色彩，可以尽管取用，怎么也用不完。这是大自然的无穷宝藏，足供你我共享。”

客人听罢，高兴地笑了，洗了杯子，重新斟酒。终于，菜肴果品全都吃完，空杯空盘杂乱一片，大家就互相靠着身子睡觉，直到东方露出曙色。

前《赤壁赋》书法

不興舉酒屬客
誦明月之詩歌窈
窕之章少焉月
出於東山之上徘徊
於斗牛之間白露

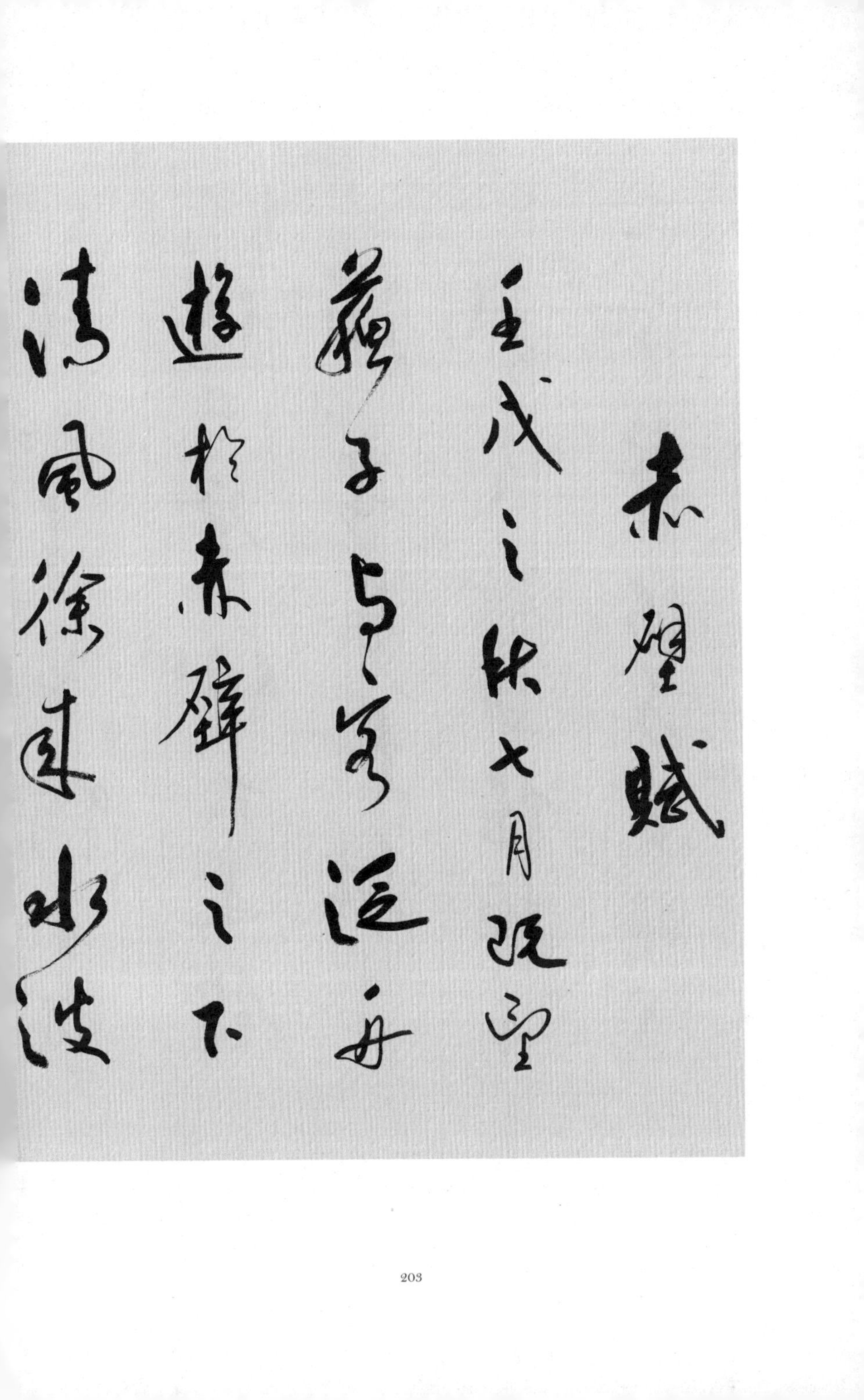

赤壁赋

壬戌之秋七月既望
苏子与客泛舟
游于赤壁之下
清风徐来水波

乎如遺世獨立羽
化而登仙於是飲
酒樂甚扣舷而
歌之歌曰桂棹兮
蘭槳擊空明兮

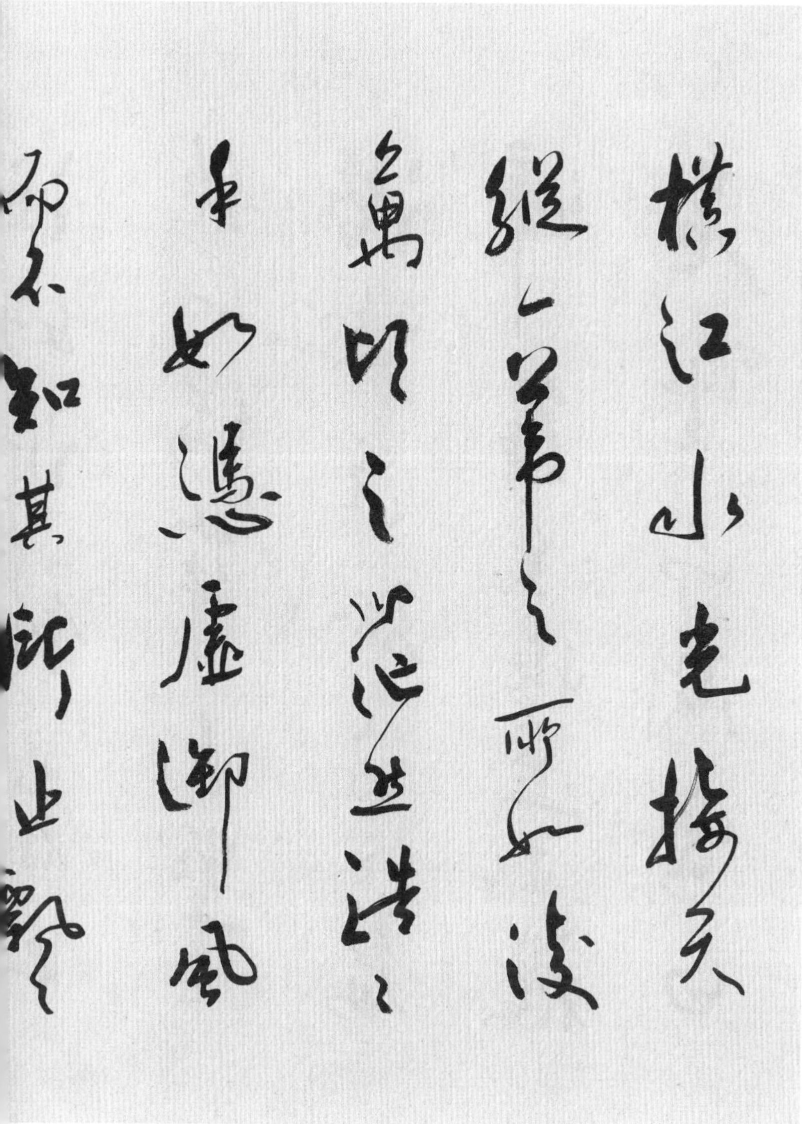

橫江水光接天

縱一葦之所如凌

萬頃之茫然浩浩

乎如馮虛御風

而不知其所止

泣如訴餘音嫋嫋不
絕如縷舞幽壑之
潛蛟泣孤舟之嫠
婦蘇子愀然正襟
危坐而問客曰

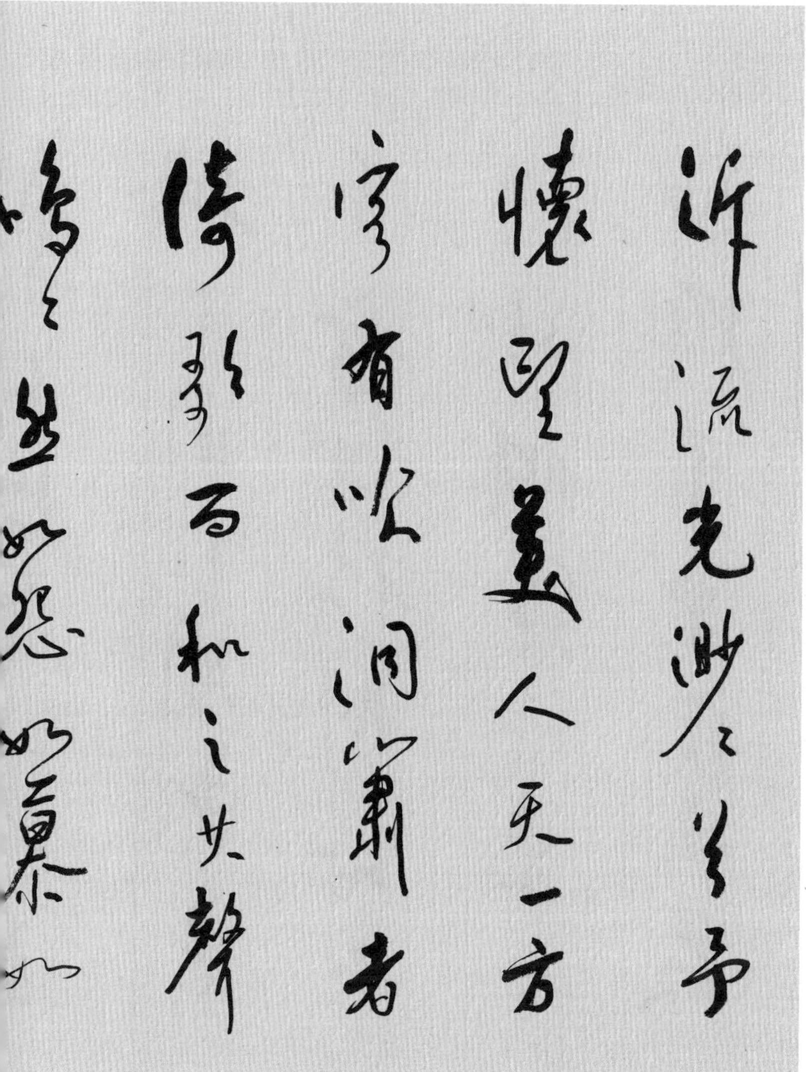
泝流光渺渺兮予
懷望美人兮天一方
客有吹洞簫者
倚歌而和之其聲
嗚嗚然如怨如慕如

鬱乎蒼蒼此非孟
德之困於周郎者
乎方其破荆州下
江陵順流而東也
舳艫千里旌旗蔽

何為其然也客曰月
明星稀烏鵲南
飛此非曹孟德之
詩乎西望夏口東
望武昌山川相繆

麋鹿駕一葉之
扁舟舉匏樽以相
屬寄蜉蝣於天地
渺滄海之一粟哀
吾生之須臾羨長

空酾酒临江横槊
赋诗固一世之雄也
而今安在哉况
吾与子渔樵于江
渚之上侣鱼虾而友

與月乎逝者如斯
而未嘗往也盈虛
者如彼而卒莫消
長也蓋將自其變
者而觀之則天地曾

江之無窮挾飛仙
以遨遊抱明月而
長終知不可乎驟
得託遺響於悲風
蘇子曰客亦知夫水

非吾之所有虽一
毫而莫取惟江上之
清风与山间之明
月耳得之而为声
目遇之而成色取之

不能以一瞬自其不
變者而觀之則物
與我皆無盡也而
又何羨乎且夫天
地之間物各有主苟

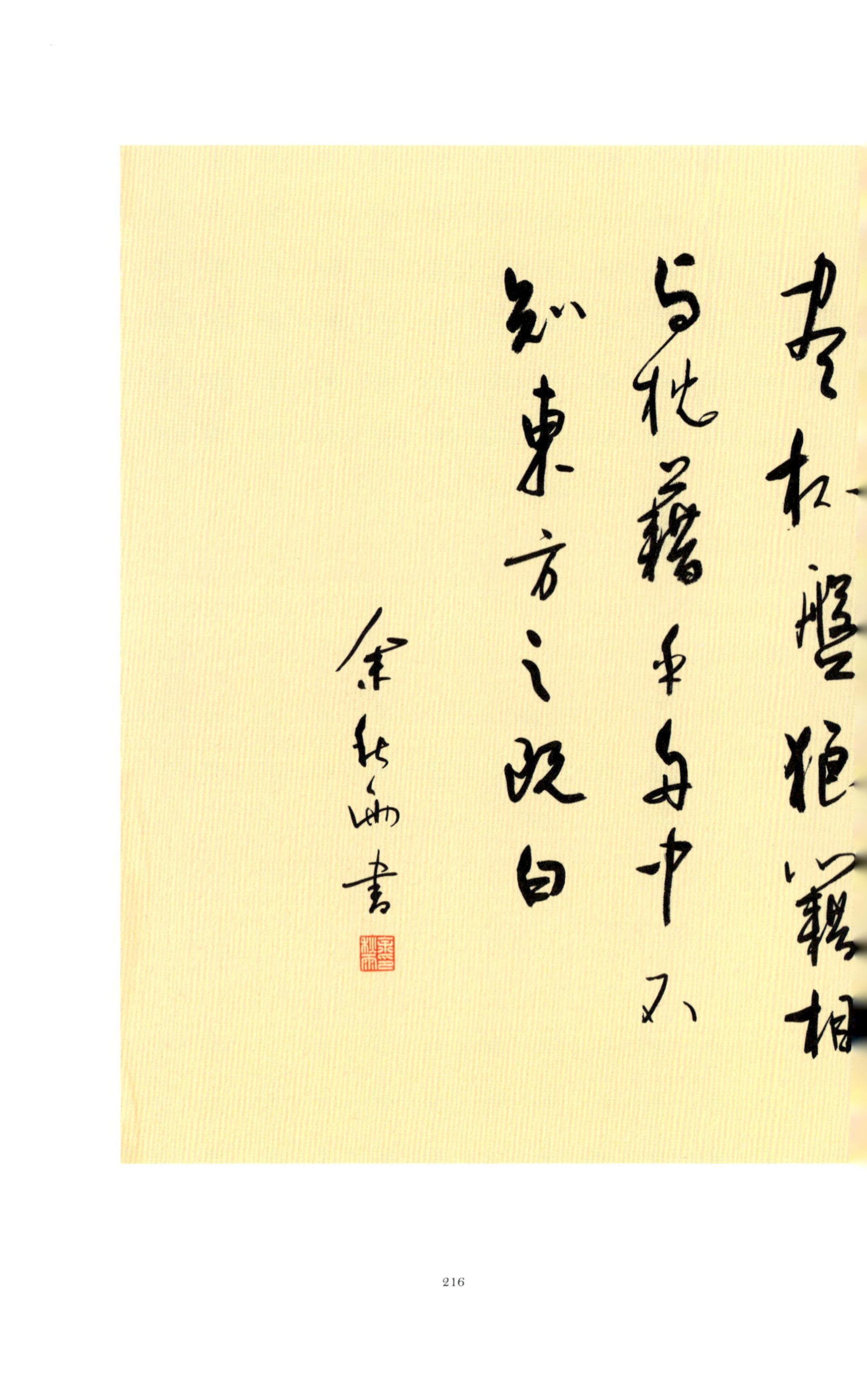

盡杯盤狼籍相
与枕藉乎舟中不
知東方之既白

余秋雨書

無禁用之不竭是
造物者之無盡藏
也而吾與子之所共
適客喜而笑洗
盞更酌肴核既

苏轼后《赤壁赋》

后《赤壁赋》今译

这年十月十五日，我从雪堂出发，回临皋去。两位客人跟着我，过黄泥坂。

那是霜降季节，树叶已经落尽。见到自己的身影在地上，便仰起头来看月亮，不禁心中一乐，就边走边唱，互相应和。

走了一会儿我随口叹道："有客而没有酒，有酒而没有菜肴，这个美好的夜晚该怎么度过？"

一位客人说："今天傍晚，我网到一条鱼，口大鳞细，很像松江鲈鱼。但是，到哪儿去弄酒呢？"

我急忙回家与妻子商量，妻子说："我有一斗酒，藏很久了，就是准备你临时需要的。"

于是我们带了酒和鱼，又一次来到赤壁之下。那儿，江流声声，崖壁陡峭。因为山高，月亮被比得很小。水位下落，两边坡石毕露。与上次来游，才隔多久，景色已经变得认不出来了。

我撩起衣服，踏着山岩，拨开茂草，蹲上形如虎豹的巨石，跨过状如虬龙的古木，攀及禽鸟筑巢的大树，俯瞰深幽难测的长江。两位客人跟不上我，便尖声长啸。他们的声音震动了草木，振荡着山谷，像是一阵风，吹起了波浪。我突然忧伤，深感恐慌，觉得不能在这里停留。

下到船上，漂在江中，不管它停在哪里，歇在何处。

快到半夜了，四周一片寂静。忽然看到一只孤鹤越过大江从东边飞来，翅膀像轮子一样翻动，身白尾黑，长鸣一声从我们船上飞过，向西而去。

一会儿客人走了，我也就入睡。梦见一个道士，穿着羽毛般的衣服飘然而到临皋，拱手对我说："赤壁之游，快乐吗？"

问他姓名，他低头不答。我说："啊呀，我知道了。昨天半夜从我头顶飞鸣而过的，就是你吧？"

道士笑了，我也醒了。开门一看，什么也没有。

后《赤壁赋》书法

人影在地仰見明
月顧而樂之行歌
相答已而嘆曰有
客無酒有酒無肴
月白風清如此良夜

是歲十月之望步
自雪堂將歸於
臨皋二客從余
過黃泥之坂霜露
既降木葉盡脫

有斗酒藏之久矣
以待子不時之須於
是攜酒與魚復遊
於赤壁之下江流有
聲斷岸千尺山

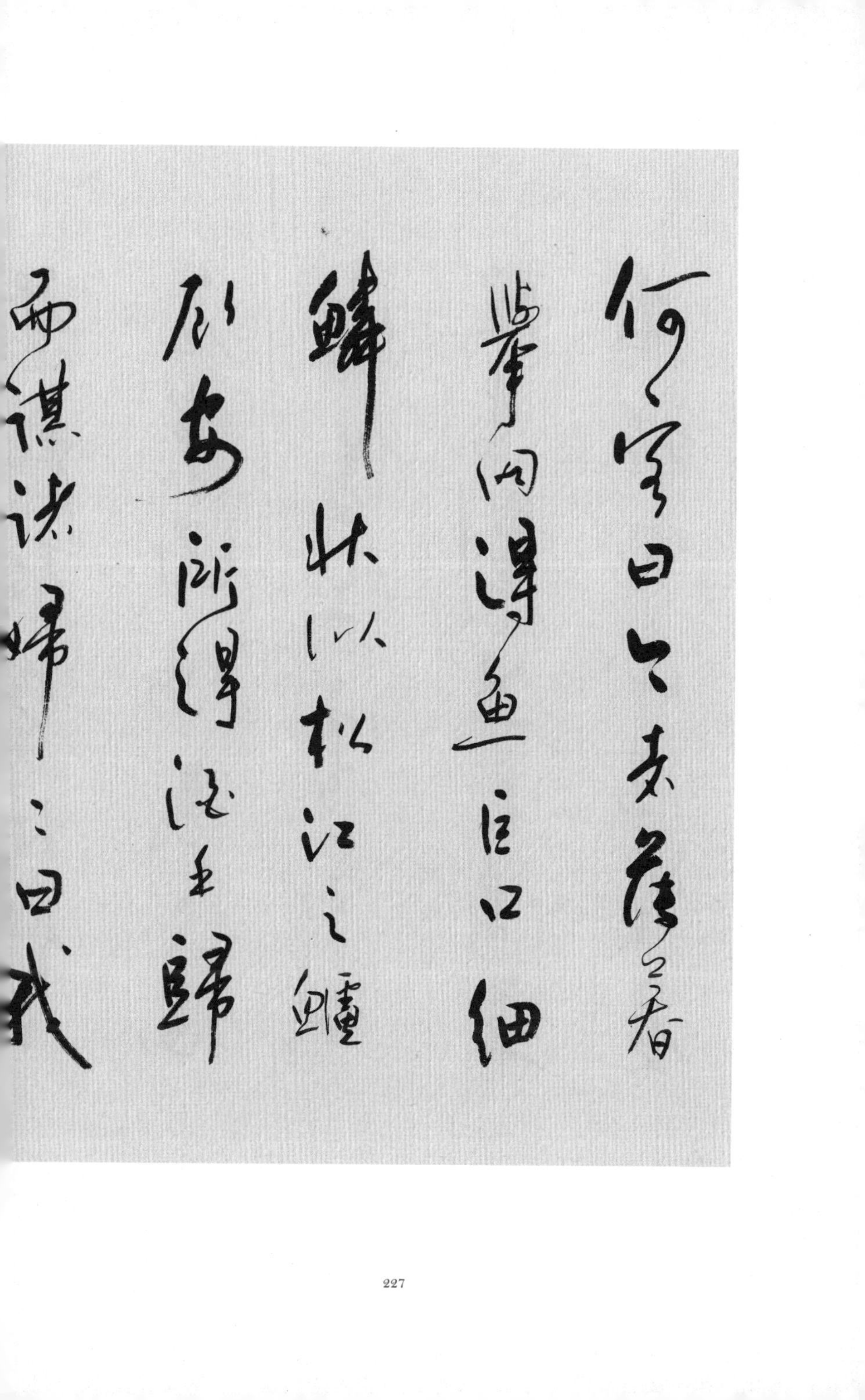

何客曰今者薄暮舉網得魚巨口細鱗狀似松江之鱸顧安所得酒乎歸而謀諸婦婦曰我

登虬龍攀棲鶻之
危巢俯馮夷之幽
宮蓋二客不能
從焉劃然長嘯草
木振動山鳴谷應

高月小水落石出曾
日月之幾何而江山不
可復識矣余乃攝
衣而上履巉岩
披蒙茸踞虎豹

将半四顾寂寥适
有孤鹤横江东来
翅如车轮玄裳缟
衣戛然长鸣掠
予舟而西也须臾

風起水湧予亦悄然
而悲肅然而恐凜
乎其不可留也反而
登舟放乎中流聽
其所止而休焉時夜

嗚呼噫嘻我知之矣
疇昔之夜飛鳴而過
我者非子也耶道士
顧笑予亦驚寤開
戶視之不見其處

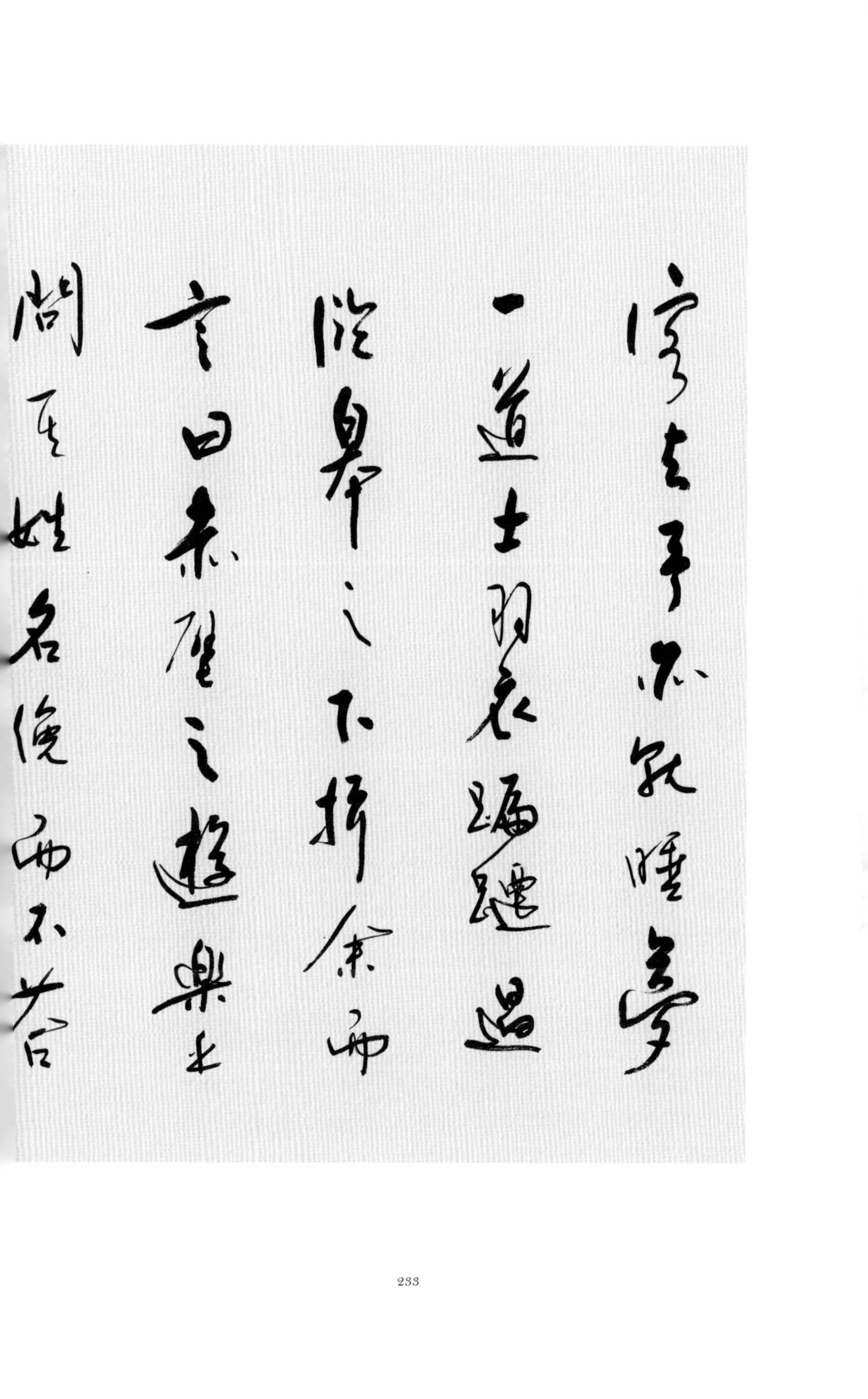

客去予亦就睡夢
一道士羽衣翩躚過
臨皋之下揖余而
言曰赤壁之遊樂乎
問其姓名俛而不答

東坡寫作此賦九百三十年

後之又一番秋色

余秋雨書

#《心经》

《心经》今译

一个能够自在地进行观察的菩萨，在深度修行中以最高智慧获得观照，发现世间种种蕴集都虚空无常。于是，一切痛苦和灾厄都可以度过。

舍利子啊，物质形态的“色”，全都等于“空”。色与空没有什么差别，空与色也没有什么差别。色就是空，空就是色。其实，就连感受、想象、行为、见识，也都是这样。

舍利子啊，各种概念都是空相。因此，无所谓诞生和灭亡，无所谓污垢和洁净，无所谓增加和减少。

在空相中，没有真实的物质、感受、想象、行为、见识，没有真实的眼、耳、鼻、舌、身、意，也没有真实的视觉、听觉、嗅觉、味觉、触觉、记忆。从视觉到意识之间的种种界定，都不存在。

在空相中，既没有无明的愚暗，也没有无明的结束；既没有老死的轮回，也没有老死的终止；既没有苦恼的聚集，也没有苦恼的断灭；既没有机智，也没有获得。

正因为一无所得，大菩萨凭着大智慧超度，心中就没有牵挂和障碍，所以也没有恐怖，能够远离种种颠倒梦想，终于达到真正的解脱——涅槃。

过去、现在、未来三世，觉悟者只要凭着大智慧超度，就能获得最高正觉。大智慧超度就是神圣的咒语，光明的咒语，无上的咒语，无比的咒语。这咒语能够除去众生的一切痛苦，真实不虚。那么，就让我们来诵念这个咒语：

去吧，去，

到彼岸去。

大家都去，

赶快觉悟！

《心经》书法

空即是色受想行
識亦復如是舍利子
是諸法空相不生
不滅不垢不淨不增不
減是故空中無色無受

觀自在菩薩行深
般若波羅蜜多時照
見五蘊皆空度一切
苦厄舍利子色不
異空空不異色色即是

亦無老死盡無苦集
滅道無智亦無得以
無所得故菩提薩埵
依般若波羅蜜多故
心無罣礙無罣礙故無

想行識無眼耳鼻舌
身意無色聲香味
觸法無眼界乃至無
意識界無無明亦無
無明盡乃至無老死

若波羅蜜多是大神
咒是大明咒是無上咒
是無等等咒能除一切
苦真實不虛故說般若
波羅蜜多咒即說咒曰

有恐怖遠離顛倒
夢想究竟涅槃三
世諸佛依般若波
羅蜜多故得阿耨多
羅三藐三菩提故知般

余秋雨

揭諦揭諦波羅揭諦
波羅僧揭諦菩提薩
婆訶
般若波羅蜜多心經
甲午生辰之夜恭書

附录

余秋雨简介

余秋雨，一九四六年八月生，浙江人。早在“文革”灾难时期，针对以“样板戏”为旗号的文化极端主义，勇敢地潜入外文书库建立了“世界戏剧学”的宏大构架。灾难方过，及时出版，至今三十余年仍是这一领域唯一的权威教材。

二十世纪八十年代中期，被推举为当时中国内地最年轻的高校校长，并出任上海市中文专业教授评审组组长，兼艺术专业教授评审组组长。曾获“国家级突出贡献专家”、“上海十大高教精英”、“中国最值得尊敬的文化人物”等荣誉称号。

在担任领导职务六年之后，连续二十三次的辞职终于成功，开始孤身一人寻访中华文明被埋没的重要遗址。所写作品，往往一发表就轰传社会各界，既大力推动了文化古迹保护，又开创了“文化大散文”的一代文体，模仿者众多。

二十世纪末，冒着生命危险贴地穿越数万公里考察了巴比伦文明、克里特文明、希伯来文明、阿拉伯文明、印度文明、波斯文明等一系列最重要的文化遗址。他是迄今全球唯一完成此举的人文学者，一路上对当代世界文明作出了全新思考和紧迫提醒，在海内外引起广泛关注。

他所写的大量书籍，长期位居全球华文书排行榜前列。白先勇先生说："余秋雨先生是唯一获得全球华文读者欢迎而历久不衰的大陆作家。"在台湾，他囊括了白金作家奖、桂冠文学家奖等等几乎全部文学大奖。在大陆，《扬子晚报》、《成都商报》等报刊近年来频频向全国高层读者调查"谁是你最喜爱的当代写作人"，他的排名每一次都遥遥领先。

几十年来，他自外于代表、委员、作协、文联等社会团体和各种会议，不理会传媒间的杂音和喧闹，以独立知识分子的身份完成了"空间意义上的中国"、"时间意义上的中国"、"人格意义上的中国"、"审美意义上的中国"等重大专题的研究和著述。联合国科教文组织、北京大学等机构一再为他颁奖，表彰他"把深入研究、亲临考察、有效传播三方面合于一体"，是"文采、学问、哲思、演讲皆臻高位的当代巨匠"。

自本世纪初年开始，赴美国国会图书馆、联合国总部、哈佛大学、耶鲁大学、哥伦比亚大学等处演讲中国文化，反响巨大。上海市教育委员会颁授成立"余秋雨大师工作室"，中国艺术研究院设立"秋雨书院"。现任上海图书馆理事长、澳门科技大学人文艺术学院院长。

陈羽

余秋雨的特殊意义

一　三十年“最受欢迎”

2002 年，国内出版部门统计“十年来最畅销的文学书籍前十名，”余秋雨一人占了四本。

2010 年 1 月，全国发行量最大的《扬子晚报》在各省青少年读者中投票调查“谁是你最喜爱的中国当代作家”，余秋雨名列第一，而且与第二名拉开了很大差距。

2011 年上海纪念改革开放三十周年，在市民中问卷调查“三十年来影响最大的一本文学书”，结果是余秋雨的《文化苦旅》。

2014 年 12 月《成都商报》在全国读者中问卷调查最喜爱的写作人，余秋雨又遥遥领先。

2015 年香港中文大学开列“必读书目”八十余本，古今中外作家中唯独余秋雨一人占了两本，不久，他们又把这个书目减少到五十余本，余秋雨仍然占据两本。

与此同时，余秋雨在台湾受欢迎的程度更是匪夷所思。据报道，台湾著名的《远见》杂志每年都要评出 1-2 名“五星级市长”，这些被评到的市长所在的城市便能享受一个待遇：余秋雨亲赴该市演讲文化。每到那几天，这些城市的大街小巷都挂满了余秋雨的大幅照片，这是他们“竞选文化”的衍伸。

白先勇先生 2015 年 3 月在台湾新北市的一次演讲中说，世界各地华人社区的读书会，都把余秋雨的作品当做“第一书目”，而且已经延续长久。为此，白先勇先生说，大家都应该为余秋雨先生在当代世界重建华文向心力，致以最高敬意。

二 “最受欢迎”的原因

余秋雨的主要作品，都围绕着一个使命：重新发现中华文化。由此，海内外的华人也从中重新发现了自己。这也是他“最受欢迎”的原因之一。

他对中华文化的重新发现，有以下七个不同于别人的特点：

1. 建立了一个独特的出发点：“穿越百年屈辱，寻找千年辉煌。”因此，读他的作品总能让人超越阴郁、低琐，面对开阔、高爽。

2. 不把这种寻找停留在古迹风光的记述上，而是集中为一系列重大文化课题，例如晋商文化、藏书文化、石窟文化、异族文化、流放文化、君子文化、小人文化、科举文化，等等。这些重大课题，每次在余秋雨文章发表后立即在全国掀起热潮，从根本上提升了中国读者对文化的认识，不仅吸引大量学者趋附研究，而且相应遗址也会快速成为旅游重点。

3. 余秋雨把这种文化寻找看成是全民的精神建设，因此特意用广大读者都喜欢的诗化散文写出，而不是停留在学术小圈子内。余秋雨本来就是学术领域的大家，深知学术思维与普通读者之间的种种障碍，因此都尽量回避了，使广大普通读者都能喜闻乐见，没有障碍。

4. 余秋雨对中华文化的重新发现，不是仅仅作案头文章，而是始终以亲自踏访各个遗迹为依据。这就摒弃了历来文化界“从书本到书本”、“从摘引到摘引”的陷阱，在中国开启了实证主义、现场抵达、亲自观照的良好风气，对年轻一代影响巨大。

5. 余秋雨对中华文化的重新发现，每一步都对应着对人类其他文化遗址的对比性考察。他冒着生命危险贴地穿行数万公里恐怖地区的勇敢行为，震古烁今，是中国文坛第一人，也是世界文坛第一人。

6. 余秋雨对中华文化的重新发现，又总是及时向国际社会进行报告。他应邀在联合国总部和各所属机构的多次演讲，在美国哈佛、耶鲁等名校以及华盛顿国会图书馆的巡回演讲，以及每隔一段时间在台湾的环岛演讲，都产生了很大的反响。正如联合国中文组组长所言，他是让国际社会了解中国文化的主要桥樑。

7. 取得了如此重大的影响力，余秋雨却一直保持着纯民间的独立思考者身份。他不是什么代表、委员，甚至也与文联、作协没有什么关系，他彻底远离官场和“亚官场”，不参加一切群众组织，不出席任何会议。这一切，使他有可能腾出整段时间投入万里考察和潜心写作，又有可能不受干扰地保持着思考的深度和纯度。这也是海内外各方面能够充分信任他，总是邀他担任首席演讲者的原因。

三　不可思议的“文化体量”

他无疑是当代著名的文化考察者、文化历险家，却又是几门重要人文学科的创立者，例如“世界戏剧学”、“艺术创造学”、“观众心理学”、“极品美学”等等，至今很多高校还在使用他所编著的这些教材。此外，大家都知道，他是当代第一流的散文作家、小说家和剧作家。不仅如此，他对“中国文脉”的系统研究，以及对庄子、屈原、苏轼、佛经的阐释和今译，又呈现出了一个极为渊博的古典学者身份。除此之外，人们如果到各地名胜古迹旅游，又会发现他被邀题写的碑刻最多，证明他还是一个深受各地民众喜爱的优秀书法家。

有人说，他一个人的著作，至少在数量上已经超过了一个庞大研究机构的著作总和，不管这种说法对不对，他的“文化体量”，确实展示了一个当代中国文化学者所能达到的精神幅度。如此巨大的文化创造力迸发自同一个生命体，实在蔚为壮观。贾平凹在评价余秋雨时说：“这样的人才百年难得，历史将敬重。”这并不是溢美之语。

四　创造了“笑对风沙”的人格奇迹

他的巨大而广泛的成就，在中国必然招来大量的嫉妒性诽谤。他在这方面的承受之重，全国无第二人可比。但是，整整二十年，对于“石一歌”、“诈捐”等等无数谣言，他从不反驳，从不自清，从不求助，只是专心赶路，埋头写作，偶尔抬头，只付一笑。对此，他有简短的八字自述：“马行千里，不洗尘沙。”结果时间一长，所有的谣言也自然地水落石出。他的这种态度，成了一种人格示范，也使这二十年来在中国文化界嚣张一时的诽谤风潮失去了继续喧闹之力。有他在前面平静地走着，很多受害者也平静了。

——　摘自周智宗《文化昆仑》第二章

余秋雨著作正版总目

第一系列　宏观文化

1.《中国文脉》

一部最简要、最宏观的中国文学史，出版后应邀在联合国总部大厦开讲，并在纽约大学讲授，均获高度评价。

2.《山河之书》

相当于中国文脉的空间版本。作者在二十余年亲自踏访文化故地的历程中所写成的几部书籍，总发行量在一千万册以上，畅销全球华文世界，并相继点燃了晋商文化热、清宫文化热、书院文化热、敦煌文化热、都江堰文化热、天一阁文化热，并创造了“文化大散文”的一代文体。本书是对那些书籍的精选、提升和增补。

3.《千年一叹》

作者在完成对中华文明的时间梳理和空间梳理后，又投入了对世界上其他古文明遗址的对比性考察，此书为考察日记。由于整个过程需要冒着生命危险贴地穿越世界上最恐怖的地区，在海内外引起极大关注，全世界有十一家报纸同步刊载这份日记。直到今天，作者仍是全球知名人文学者中完成这一考察的“第一和唯一”。本书最后在尼泊尔山谷对各大文明的总结思考，非亲临者不可为。

4.《行者无疆》

如果说,《千年一叹》让世界上各种已经湮灭的古文明对比出了中华文明的生命力优势，那么，本书则让欧洲文明对比出了中华文明的一系列弱点。作者为写此书，考察了欧洲九十六座城市。据有关部门的统计，本书已成为近十年来中国旅行者游历欧洲时携带最多的一本书。

5.《文化之贞》

由古代延伸到现代，本书描述了一批在重重困厄中仍然保持文化忠贞的现代文化人，正是他们，延续了现代中国文化。例如巴金、黄佐临、谢晋、章培恒、白先勇、林怀民、余光中等。本书第二部分，则收集了作者在一些重大国际场合发表的文化演讲，还包括了对文革灾难所体现的“文化之痛”所作的系统分析。

6.《君子之道》

一切重大文化的核心机密，是集体人格。本书作者认为，中华文化在集体人格上的理想是君子之道。本书缕析了儒、道两家在君子之道上的九项要点和四大难题，作为打开中华文化核心机密的钥匙。同时，作者又系统分析了小人现象。其中部分内容，曾在美国华盛顿国会图书馆演讲。

第二系列　文学作品

7.《冰河》

这是一部古典象征主义小说，被评论界誉为“后现代主义的东方美学精灵”、“极为国际又极为中国”。作者自述的创作哲学是“向生命哲学馈赠通俗情节的外衣，为重构历史营造亲近历史的温馨”。

这项创作，又是作者与作为著名表演艺术家的妻子马兰几度合作的戏剧行为。那些演出，每次都在国内外产生轰动式的热烈反响。因此，本书后半部分是其中的一个演出剧本，可让读者在前后对照中了解不同文学体裁的特殊秉性。

8.《空岛》

本书包括两部小说，一部是历史悬疑推理小说《空岛》，一部是人生哲理小说《信客》。

《空岛》以十六世纪到十九世纪中国最大的海盗、最大的贪官、最大的文化工程为情节线索，描写了数百年高层利益争夺阴谋中一个传奇家庭的悲剧，最后通达佛理感悟。

《信客》以二十世纪前期中国一种特殊职业的兴衰为话题，呈现了中国江南农村在走向现代化过程中所承受的迷惘、错乱、委屈。其中，那种处于边际长途中的孤独和善良，让人震撼。

9.《吾家小史》

这是对“记忆文学”理念的贴身实验。作者所倡导的“记忆文学”，与一般的回忆录不同，主张跳过通行的历史框架和历史定论，只依凭着感性直觉，挖掘自身记忆，寻访长辈亲友，并以质朴叙述通达人性的艰辛、人生的悖论。这本书的写作，从文革灾难中为受难的父亲写“交代”时开始，然后又调查、考证了三十年。作者说：“我写过中国，写过世界，最后写到自家，终于在泪眼凄迷中看透了文化。”

10.《沿途修行》

一部系统讲述排除人生诱惑、投入精神修炼的作品。作者认为，现实人生的大苦大难，是精神修炼的最佳场所，在深刻程度和震撼程度上都超过蒲团焚香。作者还认为，表述心灵感悟，最佳的文体不应该是端然肃然的长论，而应该是伸缩自如的散文。散文，是心灵最自然的作品。

第三系列　学术研究

11.《北大授课》

本书是作者为北京大学各系科学生授课的课堂纪录，副题为“中华文化的四十八课堂”。与一般学术著作不同的是，它由师生共同完成。课堂上北大学子的活跃、机敏、博识、快乐，体现了当代年轻人对中国古代文化的认可程度，颇具学术测试价值。作者在课堂上的作用，是以文化哲学作整体引导。此书出版至今，已几度再版，在海峡两岸受到的欢迎程度，远超预计。

12.《极品美学》

作者早年曾受康德、黑格尔美学的深刻影响，但后来渐渐对他们过于庞大而抽象的构架产生疑惑，转而倾心于另一位德国美学家莱辛的“极品解析”方式，并认为这种方式更接近于中国传统美学。本书选取了很难被其他民族真正掌握的三个极品美学标本——书法、昆曲、普洱茶，进行专业化解析，从内容到形式都体现了中国美学的独特魂魄。

13.《世界戏剧学》

本书是一个非常特别的文化奇迹。作者在“文革”灾难中出于血泪凝聚的文化良知，冒着巨大风险，在上海戏剧学院图书馆外文书库和复旦大学图书馆，悄悄地构建起了“世界戏剧学”的庞大体制。本书在灾难过后及时出版，获得“全国优秀教材一等奖”等多项大奖，受到海内外学术界同行的一致好评。几十年过去，至今仍是这一学科唯一的权威教材。

14.《中国戏剧史》

著名文学家、戏剧家白先勇先生评价此书是“第一部从文化人类学高度写出的中国戏剧史，在学术上非常重要”。三十年前，在海峡两岸还处于隔绝状态的时候，本书成了台湾书商首部盗印的大陆学术著作。

15.《艺术创造学》

本书的引论《伟大作品的隐秘结构》，多年前曾由作者在中央电视台演讲，播出后在文化界引起巨大反响，被评为“中国几十年来最重大的文艺理论创见”。全书的学术结构，由作者自己建立，把艺术的主旨，全部归之于创造。这就纠正了社会上把艺术理解成“遗产保护”和“传统继承”的错误潮流。本书所论，涵盖古今中外，却又主要借重于创造力最强的法国；在例证上，则取材于创造态势最为综合的欧美电影。本书曾被评为中国改革开放关键时期在人文学科上最有代表性的几部突破性著作之一，也创造了高端学术著作获得高度畅销的纪录。

16.《观众心理学》

本书以接受美学为起点，首度在中国建立了实践型心理美学。因老一辈美学家蒋孔阳、伍蠡甫等教授的强力推荐，获上海市哲学社会科学著作奖。与《艺术创造学》一样，本书也因艺术实例丰富而成为很多艺术创造者的案头书、手边书。

第四系列　经典译写

17.《重大碑书》

碑文、书法同出于一人之手，这在现代已成为罕事。多年来作者应邀书写了《炎帝之碑》、《法门寺碑》、《采石矶碑》、《钟山之碑》、《大圣塔碑》、《金钟楼碑》等等，均一一凿石镌刻，成为这些重大文化遗迹的点睛之笔。碑文采用古典文体，又以现代观念贯穿，书法采用行书，又随内容变化。此外，本书还收录了两份重要的现代墓志铭。

18.《遗迹题额》

题额，就是题写遗迹之名，或一、二句点化之词。本书所收题额仰韶遗址、秦长城、都江堰、萧何曹参墓园、云冈石窟、魏晋名士行迹、千佛崖、金佛山、峨眉讲堂、太极故地、乌江大桥、昆仑第一城等等，均已付之石刻。作者把这些题额收入本书时，还略述了每个遗址的历史意义，连在一起读，也可以看作是一种山水间的文化导览。

19.《庄子译写》

这是对庄子代表作《逍遥游》的今译，以及对原文的书写。今译严格忠于原文，却又衍化为流畅而简洁的现代散文，借以展示两千多年间文心相通。书写原文的书法作品，已镌刻于中国道教圣地江苏茅山。

20.《屈原译写》

作者对先秦文学评价最高的，一为庄子，二为屈原。屈原《离骚》的今译，近代以来有不少人做过，有的还试着用现代诗体来译，结果都很坎坷。本书的今译在严密考订的基础上，洗淡学术痕迹，用通透的现代散文留住了原作的跨时空诗情。作者在北大授课时曾亲自朗诵这一今译，深受当代青年学生的喜爱。作者对这一今译的自我期许是："为《离骚》留一个尽可能优美的当代文本。"《离骚》原文多达二千四百余字，历来书法家很少有体力能够一鼓作气地完整书写。本书以行书通贯全文而气韵不散，诚为难得。

21.《苏轼译写》

这是作者对苏轼《赤壁赋》（前、后）的今译和书写。由于苏轼原文的精致波俏，今译也就更像两则超时空的哲理散文。此外，本书又收入两份抄录苏轼名词的书法。

22.《心经译写》

今译《心经》，颇为不易；要让大量普通读者都能畅然读懂，更是艰难。此处今译，是译而不释，只把深奥的佛理渗透在浅显的现代词语中，简洁无缠。释义，可参阅所附《写经修行》一文。作者曾无数次恭录《心经》，本书选取了普陀山刻本、宝华山刻本和雅昌刻本三种。其中，作者对宝华山刻本较为满意。普陀山和宝华山都是著名佛教圣地，有缘把手抄的《心经》镌刻于这样的圣地，是一件大事。

23.《捧墨赠友》

此书所收的书法作品，分为三个部分。第一部分是平日为朋友的居室壁挂所写的各种字幅，其中包括条幅、中堂、匾额、联楹。就书法艺术而言，应比写碑和抄经更为自由。第二部分是"行世十诫"，全属人生自诫，每诫二字，用行楷大写，并以小文阐释。第三部分是作者平时填写的诗词稿本。

第五系列　各种选集

（说明：余秋雨著作的各种选集在市面上不胜枚举，多数是盗版，极少数由作者认可。对于盗版，作家出版社曾特地印行了《盗版举例》一书，其实只是冰山一角。下面略举作者认可的几个主要选本。）

24.《文化苦旅》

本书问世二十余年，各种版本在全球的发行量难以计数，如果包括层出不穷的盗版，至少在千万册以上，无疑是印刷量最大的现代汉语散文著作。此次作者倚重这个书名，精选以上各集散文，将“苦旅”一词伸发为中国之旅、世界之旅和人生之旅，因此显得更加完整。

25.《中华文化读本》

这是一部七卷本选集，系统地解析了中华文化在时间、空间、人格、审美上的奥秘，开拓了“阅读中华”的高层门径。本书的引论《中华文化为何长寿？》，作者曾在纽约联合国总部大厦演讲，引起巨大反响。

26.《余秋雨散文》

一个最简薄的选本。

27.《余秋雨笔墨集》

书法和今译的选集。

此外，被作者认可的中文版选本还有三十余种，如：《余秋雨台湾演讲》、《倾听秋雨》、《选读余秋雨》、《晨雨初听》、《掩卷沉思》、《秋雨散文》、《中国之旅》、《欧洲之旅》、《非亚之旅》、《心中之旅》、《古圣》、《大唐》、《诗人》、《郁闷》、《回望两河》、《游走废墟》、《舞台哲理》、《南冥秋水》、《山居笔记》、《霜冷长河》、《文明的碎片》、《余秋雨著作大学生赏析》、《余秋雨著作中学生赏析》、《吴越之间》、《北方的遗迹》、《从敦煌到平遥》、《从都江堰到岳麓山》、《王朝背影》、《信客》、《余秋雨历史散文》、《余秋雨文选》、《余秋雨语录》、《余秋雨人生哲言》、《人生风景》等。

（陈羽整理）